副刊文丛　一

主编　李　辉　王刘纯

# 回家

朱永新　著

中原出版传媒集团
中原传媒股份公司
大象出版社
·郑州·

**图书在版编目(CIP)数据**

回家 / 朱永新著.— 郑州 ：大象出版社，2018. 5
(副刊文丛 / 李辉，王刘纯主编)
ISBN 978-7-5347-9562-6

Ⅰ. ①回… Ⅱ. ①朱… Ⅲ. ①随笔—作品集—中国—当代 Ⅳ. ①I267. 1

中国版本图书馆 CIP 数据核字(2017)第 277419 号

**回家**

HUIJIA

**朱永新 著**

**出 版 人** 王刘纯
**项目统筹** 李光洁 成 艳
**责任编辑** 吴韶明
**责任校对** 张迎娟
**封面设计** 段 旭
**内文设计** 杜晓燕

出版发行 大象出版社(郑州市开元路 16 号 邮政编码 450044)
发行科 0371-63863551 总编室 0371-65597936
网 址 www.daxiang.cn
印 刷 北京汇林印务有限公司
经 销 各地新华书店经销
开 本 787mm×1092mm 1/32
印 张 9.375
版 次 2018 年 5 月第 1 版 2018 年 5 月第 1 次印刷
定 价 39.00 元



印厂地址 北京市大兴区黄村镇南六环磁各庄立交桥南 200 米(中轴路东侧)
邮政编码 102600 电话 010-61264834

# “副刊文丛”总序

李　辉

设想编一套“副刊文丛”的念头由来已久。

中文报纸副刊历史可谓悠久，迄今已有百年。副刊为中文报纸的一大特色。自近代中国报纸诞生之后，几乎所有报纸都有不同类型、不同风格的副刊。在出版业尚不发达之际，精彩纷呈的副刊版面，几乎成为作者与读者之间最为便利的交流平台。百年间，副刊上发表过多少重要作品，培养过多少作家，若要认真统计，颇为不易。

“五四新文学”兴起，报纸副刊一时间成为重要作家与重要作品率先亮相的舞台，从鲁迅的小说《阿Q正传》、郭沫若的诗歌《女神》，到巴金的小说《家》等均是在北京、上海的报纸副刊上发表，从而产生广泛影响的。随着各类出版社雨后春笋般出现，杂志、书籍与报纸副刊渐次形成三足鼎立的局面，但是，不同区域或大小城市，都有不同类型的报纸副刊，因而形成不同层面的读者群，在与读者建立直接和广泛的联系方面，多年来报纸副刊一直占据优势。近些年，随着电视、网络等新兴媒体的崛起，报纸副刊的优势以及影响力开始减弱，长期以来副刊作为阵地培养作家的方式，也随之隐退，风光不再。

尽管如此，就报纸而言，副刊依旧具有稳定性，所刊文章更注重深度而非时效性。在新闻爆炸性滚动播出的当下，报纸的所谓新闻效应早已滞后，无法与昔日同日而语。在我看来，唯有副刊之类的版面，侧重于独家深度文章，侧重于作者不同角度的发现，才能与其他媒体相抗衡。或者说，只有副刊版面发表的不太注重新闻时效的文章，才足以让读者静下心，选择合适时间品茗细读，与之达到心领神会的交融。这或许才是一份报纸在新闻之外能够带给读者的最佳阅读体验。

1982年自复旦大学毕业，我进入报社，先是编辑《北京晚报》副刊《五色土》，后是编辑《人民日报》副刊《大地》，长达三十四年的光阴，几乎都是在编辑副刊。除了编辑副刊，我还在《中国青年报》《新民晚报》《南方周末》等的副刊上，开设了多年个人专栏。副刊与我，可谓不离不弃。编辑副刊三十余年，有幸与不少前辈文人交往，而他们中间的不少人，都曾编辑过副刊，如夏衍、沈从文、萧乾、刘北汜、吴祖光、郁风、柯灵、黄裳、袁鹰、姜德明等。在不同时期的这些前辈编辑那里，我感受着百年之间中国报纸副刊的斑斓景象与编辑情怀。

行将退休，编辑一套“副刊文丛”的想法愈加强烈。尽管面临新媒体的挑战，不少报纸副刊如今仍以其稳定性、原创性、丰富性等特点，坚守着文化品位和文化传承。一大批副刊编辑，不急不躁，沉着坚韧，以各自的才华和眼光，既编辑好不同精品专栏，又笔耕不辍，佳作迭出。鉴于此，我觉得有必要将中国各地报纸副刊的作品，以不同编辑方式予以整合，集中呈现，使纸媒副刊作品，在与新媒体的博弈中，以出版物的形式，留存历史，留存文化，便于日后人们借这套丛书领略中文报纸副刊（包括海外）曾经拥有过的丰富景象。

“副刊文丛”设想以两种类型出版，每年大约出版二十种。

第一类：精品栏目荟萃。约请各地中文报纸副刊，挑选精品专栏若干编选，涵盖文化、人物、历史、美术、收藏等领域。

第二类：个人作品精选。副刊编辑、在副刊开设个人专栏的作者，人才济济，各有专长，可从中挑选若干，编辑个人作品集。

初步计划先从20世纪80年代开始编选，然后，再往前延伸，直到“五四新文学”时期。如能坚持多年，相信能大致呈现中国报纸副刊的重要成果。

将这一想法与大象出版社社长王刘纯兄沟通，得到王兄的大力支持。如此大规模的一套“副刊文丛”，只有得到大象出版社各位同人的鼎力相助，构想才有一个落地的坚实平台。与大象出版社合作二十年，友情笃深，感谢历届社长和编辑们对我的支持，一直感觉自己仿佛早已是他们中间的一员。

在开始编选“副刊文丛”过程中，得到不少前辈与友人的支持。感谢王刘纯兄应允与我一起担任丛书主编，感谢袁鹰、姜德明两位副刊前辈同意出任“副刊文丛”的顾问，感谢姜德明先生为我编选的《副刊面面观》一书写序……

特别感谢所有来自海内外参与这套丛书的作者与朋友，没有你们的大力支持，构想不可能落地。

期待“副刊文丛”能够得到副刊编辑和读者的认可。期待更多朋友参与其中。期待“副刊文丛”能够坚持下去，真正成为一套文化积累的丛书，延续中文报纸副刊的历史脉络。

我们一起共同努力吧！

2016年7月10日，写于北京酷热中

# 目　录

## 杏坛信笔

## 文心之旅

# 自 序

今年4月22日，“我画文人肖像”——罗雪村作品展暨《我画文人肖像》首发式在苏州图书馆隆重开幕。

在一百多幅文人肖像画中，有叶圣陶、陆文夫、范小青等一批苏州文人的肖像，我也“滥竽”其中。

这一天，辽宁电视台《回家》栏目组也专程前来拍摄关于我的专题片。他们专门去苏州博物馆新馆、苏州图书馆和苏州大学等地方拍摄了许多镜头。

展览、首发式、拍摄专题的总策划是曾就职于人民日报社文艺部的李辉先生。《我画文人肖像》一书，也是李辉先生策划和主编的“副刊文丛”之一。那天《姑苏晚报》副刊部的刘放先生正好也在现场，知道我在《姑苏晚报》开设有专栏《滴石斋闲话》，李辉当场约稿，希望我能够从中选择一些文字，在“副刊文丛”中出版。我愉快地答应了。

2007年7月，我和儿子朱墨应邀开始在《姑苏晚报》写专栏，记得第一篇文章就是我写高考的回忆文章《过江》。最初我与儿子隔周写一篇，发表以后反响不错。后来他忙于学业无暇写作，专栏就慢慢由我独自打理了。

由于工作繁忙，我几次想中途放弃，刘放兄都竭力“挽留”。他说，虽然你不能经常回苏州，但是你的文章可以每周代表你回苏州，见文如晤，你不是就可以“常回家看看”了吗？

刘放的话打动了我。是啊，苏州是我的第二故乡。二十岁来到这座城市求学，五十岁离开这座城市去京城工作，我的青春岁月，人生三十年的时光，是在这座城市度过的。在这里我有太多的记忆、太多的朋友，有写不完的故事。

早在2004年，我有幸代表苏州参加了中央电视台“中国十大最具经济活力城市”的颁奖典礼，并且获得了唯一的大奖。2006年10月16日，我有幸再次代表苏州，参加中央电视台“中国魅力城市”的颁奖盛典。这些年来，苏州这座两千五百岁的东方水城，这座活力与魅力兼具、古韵与今风共存的城市，赢得了诸多殊荣。能够在这里长期生活，是一个人的荣耀与福分。

苏州每一口古井、每一条古巷、每一个古镇古村落、每一座古典园林，都让人自豪。苏州拥有太湖百分之八十的水域面积，湖光山色滋养出这里的昆曲评弹、吴门书画、双面刺绣等文化珍宝，抚育过伍子胥、孙武子、范仲淹、顾炎武、李政道、贝聿铭、吴健雄等文化名人。苏州老乡、诺贝尔物理学奖获得者李政道先生曾经说过：“我不知道天堂是什么样子，但是天堂如果有苏州的十分之一美丽，那就很好了！”一个在苏州工作的台湾朋友告诉我，一座城市，能够把刚与柔、雅与俗、传统与现代、科技与人文、物质与精神、城市与乡村、西方与东方等这些看似冲突的东西，如此完美而奇特地结合起来，西方在这里展开逻辑，中国在这里保留精致，这是多么不可思议！

曾经，作为苏州的管理者和服务生，我见证着这座城市的成长，见证着它如何从中国文化的宁静后院走向经济发展的前台，见证着它怎样从乡镇企业的创业到对外开发的领跑的全过程。我为自己能够参与其中的一些工作并且贡献一点心力而自豪。

如今，我在千里之外的北京生活，但苏州的一草一木，已经居住在了我的心里。早在 2011 年我十六卷本的《朱永新教育作品》结集出版时，我就准备将写苏州的人与事的文章，结集出版。

现在，这本《回家》和大家见面了。感谢李辉先生的盛情邀请，感谢刘放先生帮助我从十年间数百篇文章中选出了这些关于苏州的文字，更感谢他十年来辛勤的劳作，能够让我经常回家，与苏州的父老乡亲和朋友们见面。写作的过程，是精神的回响和情感的回放。无论是长居苏州的人，还是路过苏州的人，愿我们一起把苏州建设得更加美丽。上有天堂，下有苏杭，希望我们能够建设更多像苏州这样的美好家园。

朱永新

2017年7月4日晨

写于北京职工之家

# 书香家园

# 苏州阅读节的由来

近日，我的一篇关于苏州阅读节的专访，许多苏州的朋友看后打电话到北京，对这篇访谈表示了强烈的兴趣，对于“书香漫苏城”充满着自豪感。他们说我给苏州做了一件“功德无量”的大好事。我连连推却，不是谦虚客气，事实上苏州阅读节的出台，的确不是因为某一个人的智慧和力量。

与曾经在全国产生过很大影响的免费义务教育政策

一样，苏州阅读节完全是在苏州市委、市政府领导的直接推动下设立的。其中，许多领导和同事的辛勤付出，历历在目，感人至深，铭心难忘。

记得在2003年的全国“两会”上，我曾经提出过一个关于建立国家阅读节的提案。我在提案中说，一个人的精神发育史就是他的阅读史，一个民族的精神境界取决于这个民族的阅读水平，一座书香充盈的城市才会是美丽的城市。虽然提案由于种种原因没有被采纳，但是许多开展新教育实验的学校从此开始了书香校园的实践，他们把9月28日孔子的诞辰日作为校园阅读节，读书活动开展得如火如荼。这给我很大的启发，苏州是不是也可以拥有自己的阅读节呢？

我把这个想法与苏州市委宣传部的同志们一说，立刻得到赞同。他们说，苏州是一座有着丰厚历史文化底蕴的城市，有着崇文重教的传统，如何让这个传统薪火相传，是一个非常重要的问题。他们也一直在想着如何推进市民阅读这件事情，有这样一个节日作为载体，非常有必要。而与新闻出版局的同志们一商量，他们也非常兴奋，认为这是一个推动工作的好抓手。于是，大家开始紧锣密鼓地准备起来，从阅读节图案标志的征集(一个幻为水影的“阅”字),到阅读节口号的讨论(“阅读，让苏州更美丽”)，再到阅读节具体活动的设计，苏州市委宣传部与新闻出版局都做了大量的工作。

最后，阅读节的方案在市政府的办公会和市委常委会上都顺利通过了。

所以，应该说，阅读节是苏州市委、市政府的决策，作为当时分管文化、出版的副市长，我只是在市委、市政府的总体部署下，在新闻出版局等部门具体工作的基础上，做了应该做的事情。这些事情主要是事前的谋划，帮助领导做好参谋；过程的推进，做好工作的细节；事后的总结，研究得失成败，为今后的工作提供经验与教训。

当然，阅读节的提出，我也是出了一些主意的，但这是我作为副市长的本职工作，也是我一直在推动的事业，更是我发起的新教育实验的重要理想。如果没有市委、市政府主要领导和市委宣传部的鼎力支持，阅读节可能就会止于“提出”而难以“推出”了。

我一直感谢苏州这片土地，感谢与我共事的领导与朋友，能够让我放手探索与实践。苏州，是一座能够让梦想飞翔的城市。

（《姑苏晚报》2009年10月16日）

# 阅读大礼包的寓意

4月23日，我专程回到苏州，在苏州图书馆参加第六届苏州阅读节启动仪式。我和高希均教授、辛广伟先生还出席了《阅读救自己——50年学习的脚印》《阅读，让城市更美丽——苏州创建书香城市纪实》《学习，让城市更精彩——苏州创建学习型城市纪实》等书籍的首发式，向市民赠送了书籍。印象深刻的还有现场嘉宾向零至三周岁的婴幼儿家长代表赠送包含婴幼儿读物、《亲子阅读》指导书、阅读测量尺、宣传册页及苏州图书馆少儿读者证的“阅读大礼包”。尽管这个“大礼包”多达一千份，但仍供不应求，还有许多领着婴幼儿前来的家长没有领到这份别具创意的礼品。

当天，我还做了一场题为《阅读的力量》的公益讲座，阐述阅读与知识积累、阅读与精神成长、阅读与政治文明、阅读与教育生活、阅读与城市品质、阅读与民族竞争力等六方面的关系，并不失时机地继续“鼓吹”我的观点——“一个人的精神发育史就是他的阅读史”“一个没有阅读的学校不可能有真正的教育”“一座书香充盈的城市才会是美丽的城市”“一个民族的精神境界取决于这个民族的阅读水平”等。同时，我还介绍了毛虫与蝴蝶——新教育儿童阶梯阅读的理念：一、为每一个儿童寻找到此时此刻他最适合的书；二、共读共写共同生活；三、童年是一段由浪漫到精确，由粉红到天蓝的彩色阶梯。在讲这些的过程中，我的脑海中始终萦回着“一千”这个数字，那一千个得到大礼包的幸福家庭。一个这样的礼包，将给一个拥有新生命的小家庭带来多少美好幸福的憧憬啊！大礼包曾经在英国作为“起跑线计划”，帮助了无数家庭与阅读结缘，帮助了无数孩子热爱阅读，现在，苏州的家庭和孩子们也有了这样的缘分和福气。

今天，是苏州图书馆新馆开馆十周岁的纪念日。十岁于一个人，可以让一个婴儿长大；但于一座生命绵长的图书馆，他仍是一个需要呵护，同时也给一座城市带来美好幸福憧憬的新生命。苏州图书馆邱冠华馆长给了我三个数字：十年来，图书馆接待读者两千三百六十五万人次，借出图书八百四十九万册次，建起了三十一座图书分馆。这是三个非常了不起的数字，是足以让人欢欣鼓舞的数字。

图书馆，真是个奇妙的地方。在这个储藏着人类智慧的所在，任何人，包括白发银髯的老者，也都成了婴儿，而且是嗷嗷待哺的婴儿。人一到这里，就谦和了，就文静了，就自知不足了，就虚怀若谷了。有幸参与和见证苏州图书馆的发展，一直是我非常自豪的一件事。在苏州工作时，我曾多次来到这个“书香园林”，有时是自己借阅图书，更多的时候，是接待外地的客人，陪同他们来看看苏州“知识集散地”。就像接待自己的朋友，最自得、最惬意的地方莫过于书房一样，苏州图书馆显然就是苏州读书人共同的大书房。在新馆十周年庆的日子里，这一千份大礼包，我们可以想象成迎接一千轮喷薄的旭日；或者，又像一千把金钥匙，将打开我们城市未来的一千座绚丽多彩的宝库。

祝福你，苏图！祝福你，苏州！

（《姑苏晚报》2011 年 6 月 18 日）

# 书香城市需要书香宾馆

我曾经多次说过，一座城市最美丽的风景应该是阅读的风景，一座书香充盈的城市才能够成为美丽的精神家园。城市之美不仅在于外在的山水树木、街道建筑的感官之美，更在于其内在的思想之美、人文之美，而且往往是后者孕育着前者。书香城市往往有着自我超越的市民、催人上进的组织、简单宁静的生活和自觉创新的文化，这是书香城市的生命之美、灵动之美。

书香城市是一个立体工程，需要书香家庭、书香校园、书香企业、书香社区，需要作为城市精神客厅的书店，也需要作为城市窗口的书香宾馆。

宾馆是宾客来到一座城市的第一个驿站，对于一座城市的第一印象也由此产生。宾馆是旅途中的驿站，不仅是身体睡觉休息的地方，也是心灵休憩调整的场所，这就需要阅读与思考。正如以流浪为生命常态的印第安人的那句谚语一样：别走得太快，等一等灵魂。如果人们在苏州的任何一家宾馆的房间里都能够找到最好最美的图书，不仅会感觉到宁静、温馨、惬意，而且会对这座城市和这家宾馆充满喜爱甚至敬意。所以，我建议率先在苏州创建“书香宾馆”。具体构想是：

第一，在苏州所有对外营业的宾馆的房间里陈列十本经过精心挑选的图书。

第二，这十本图书由专业阅读机构（如“新阅读研究所”）推荐，内容有介绍苏州历史风情的旅游书，有中外经典名著，有时尚流行的畅销书等。每半年或一年更换一次。

第三，每家宾馆在总台配备一百种图书，书目放在房间的书架上，旅客可以选购或者选读。

第四，苏州新华书店负责图书的配置与补充。

第五，每次更换的图书，原则上由宾馆作为员工奖励，或者赠送社区图书馆、边远地区中小学等；对于有困难的宾馆，由文化广播电视新闻出版局代表政府按照五折价格回收，作为奖品赠送给开展阅读的先进单位。

第六，如果住宿的旅客喜欢房间里的图书，可以向服务台购买，也可以请服务员代为邮寄。

第七，放置图书的小书架作为活动的宣传窗口，可印制书香城市、书目研制单位的徽标。

第八，可与企业联合举办该项活动。企业提供相关经费，活动以冠名、推出一本相关图书、在小书架上印制信息等方式介绍该企业。

第九，在苏州试点以后，可以在全国推广苏州模式，进一步推动书香城市的建设。

其实，在南京、苏州等地，已经有一些书香宾馆的萌芽。在南京一家由凤凰出版传媒集团办的宾馆里，就已经做出了这样的尝试，把出版集团里的优秀读物陈列在宾馆里，供旅客阅读和购买。在苏州也有“书香人家”这样从命名上就体现出与书籍结缘的连锁酒店。将民间的种子培育成林，是政府在书香城市建设中的重要使命。

宾至闻书香，静夜睡更香。有书陪伴的夜晚是美好的，书香充盈的城市是美丽的。全民阅读的号角刚刚吹响，落实为每个人的行动还需要漫长的努力。书香为伴，这努力的一路也是幸福的一路。让我们一起行动起来，让我们生活的每个角落里，都洋溢着芬芳。

（《姑苏晚报》2013 年 11 月 16 日）

# 经典童书的独特价值

许多人会说，阅读是很个性化的事情，每个孩子都有自己的兴趣所在，不是一份书目可以包办的。我想说的是，孩子在积累了一定的阅读量，形成了自己的审美情趣、基本价值观之后，就会自主地寻找适合自己的东西；但最初的时候，孩子没有自主选择能力，你给他什么他就读什么，你把他带向哪里他就走向哪里。

最美丽的童书蕴含着最永恒最美好的人类精神。儿童形成阅读兴趣的最佳时间段，是小学一至三年级。随着对童书关注的深入，随着阅读活动在我们越来越多学校的深入开展，人们越来越深切地感受到，童年的意义远远没有被我们所认识，童书的价值远远没有被我们所发现。我曾讲过一句话："现在想来，人的一生是围绕童年展开的。"这不是我的发明，实际上格林在《消逝的童年及其他》里说过，人生在十四岁以前所经历的东西将会影响到他的一生。无论是精神分析学家、人文主义心理学家，还是西方的深层心理学家，都把童年作为人一生精神的源头。比如精神分析学家认为，如果一个人有精神问题，做精神分析的时候，一定要追溯到他的童年。为什么？在童年的初期，他所看到的东西会对他的思想、价值观，对他的人生产生最根本的影响。

西方的很多心理学派都很关注关键期的问题，认为人的心理发展、能力发展在人的早期有很多关键的时期。比如学语言的最关键时期是十二岁左右，因为在那个时候人脑的两半球还没有高度分化，两个半球都有学习语言的能力；但过了那个时期，学习语言的能力就会退化。

我去过北欧，北欧是童话的王国，挪威、丹麦这些国家是自然景观、人文景观都非常美丽的国家，更重要的是，它们是一些拥有美好心灵的国家。在挪威，卖农副产品，可以就把农副产品放在一个筐子里，搁在马路边上，没有人管，顾客每拿走一棵菜都会自觉地付钱。后来，我发现这些国家的童话都非常丰富，像挪威、丹麦都是拥有很多童话作家的国度。童话中人类最伟大的精神，在滋养着人的一生。

我经常说，童书和其他的书不一样。那些伟大的经典童书，以最纯真简洁的故事，蕴含了人类最质朴的价值观。在童书里面，真、善、美这些伟大的价值正是其基本的主题。童书对人格的发展、对智慧的发掘、对人类核心价值的传承具有非常重要的作用。

在苏州的工业园区娄葑二小，有个叫阳阳的孩子，失去父亲后变得孤僻、易怒，甚至对自己的母亲都非常冷漠。就是《猜猜我有多爱你》这样一本书，改变了这个孩子，师生共读这本书后，他主动对母亲说出“我永远永远爱你”，从此逐渐变得开朗、温和。所以说，童书的伟大力量、童书的独特价值，远远没有被发现。

事实上，儿童对世界的认识，不是通过我们的道德说教来完成的。真正进入孩子心灵的是一个个生动的人物、具体的形象，而只有这些形象所传达的信息、所反映的理念，才能真正在孩子的心中悄悄播下种子，真正长出根来。

（《姑苏晚报》2013 年 8 月 17 日）

# 共读共写的魔力

前些天子阳来信告诉我，自己又要出书了。这是一本比较特别的书。从 2008 年开始，他为昆山二十三所学校和上海、山东、福建等十多个省市的学生父母做了百余场关于“与孩子共读共书”的讲座，超过十万名学生父母接受了培训。他说：“这本小书，是新教育实验爱我十五年的产物。”他要把这本书的所有版税捐赠给新教育实验。

他还说，这本书是他送给女儿的新婚礼物。他的两个女儿也是在新教育理念熏陶下成长起来的。她们都没有超常的智商，都是普普通通的孩子，现在大女儿已经在复旦大学做博士后研究，在国内外学术刊物发表了多篇论文，小女儿继承父业，在苏州一所学校担任老师，深受学校师生、校长和父母的喜爱。他告诉我，两个女儿都非常期待我能够为这本书写一个序言，让父亲这份不同寻常的新婚礼物更有不同寻常的意义。

君子成人之美，何况子阳还是我的学生呢。于是我花了一些时间读了书稿，尽管不完全同意书中的某些观点，对其中的一些数据也没有把握，但是我还是被子阳对于阅读、写作的激情和信仰感动了，被他与女儿共同成长的故事感动了。

子阳是我在苏州大学指导的第一位访问学者。为了给在中小学工作的老师提供一个进修提高的机会，更为了使他们有一个相对宽松的自学、研究环境，同时也为了让我有机会认识一批优秀的一线老师，我自己出台了一个接受教育研究高级访问学者的办法，此举得到学校研究生处的大力支持。于是，2002 年，子阳就这样从徐州的乡村学校来到了苏州大学。当时的子阳，朴素厚道但锐利敏感，初生牛犊，敢想敢说，虽然基础不是很扎实，但求知和创造的欲望非常强烈。

恰逢新教育第一所实验学校在昆山玉峰实验学校启动，我就将他派去，成为一名真正意义上的新教育教师。

在新教育的诸多行动中，他对于“营造书香校园”和“师生共写随笔”特别着迷，对于晨诵午读暮省和儿童阶梯阅读特别喜欢。于是，他在课堂和家庭两条战线上同步展开了自己的探索，成为学校的新教育骨干教师。

他拼命地读书，拼命地写作。有一段时间，我经常去玉峰实验学校了解新教育实验开展的情况。记得有一次他告诉我，他每天读一本以上的童书，已经读了上千本了。我当时有点惊讶他读书的热情，甚至批评过他囫囵吞枣。

很快，子阳脱颖而出，成为新教育早期培养出来的一名特级教师。评上特级以后，他没有懈怠停滞，仍然激情饱满地阅读、写作，仍然保持每年出版一本书，发表一二十篇文章的速度。

后来，新教育基金会委托他和管建刚老师、吴勇老师三位研发新教育的写作课程，可惜没有深入下去。对这件事情，我对他们多少有些失望，联系也少了一些。

这一次收到子阳的这本书稿，突出强调的“共读共书”，正是对新教育实验“共读共写共同生活”理念的实践。无论是亲子共读、师生共读，还是生生共读，都是非常重要的新教育的阅读方式。通过共同阅读，才能有共同的语言、密码，共同的愿景和价值。这本书中子阳和他女儿的故事，就是最好的例证。教育其实就是唤醒，就是点燃。

我相信，子阳的这本书，会唤醒和点燃读者朋友与孩子一起真正捧起书本阅读、拿起笔写作的激情。这本书也会作为传家宝，让他未来的后辈更加热爱阅读与写作。而真正阅读和写作的人，一定也会发现共读共写的魔力。

（《姑苏晚报》2017 年 3 月 19 日）

# 城市的精神地标

几个月前，苏州工艺美院的任镱老师对我说，他们学校要发起成立苏州市雕塑协会，学校领导希望我能够担任顾问。我是艺术的门外汉，便婉言谢绝了他们的请求，但是，他们锲而不舍地说服我。他们说，你曾经在苏州担任分管文化的副市长，对这座城市的雕塑寄予厚望，现在我们是实现你未曾实现的梦想，帮助你“还愿”的。在这个理由面前，我没有拒绝的勇气。

没有想到，他们真的轰轰烈烈地做了起来，不仅邀请了来自不同地区、不同文化背景的雕塑家群体来苏州举办高水平的雕塑论坛，而且一下子搞起了四个主题雕塑展览。从“清华大学雕塑名家邀请展”到“中国台湾及新加坡雕塑名家邀请展”，从“苏州当代雕塑家邀请展”到“苏州传统雕塑家邀请展”，蔚为大观，气势不凡。

他们为这次活动取了一个非常雅致的名字“拙政雅集”。“雅集”是中国古代文人集聚，谈文论艺，以文会友的重要形式，从魏晋开始，雅集就在中国文人群体中盛行。尤其是元末玉山雅集以来，雅集便成为苏州文化的重要特征之一。无论是唐寅、文徵明，还是柳亚子、陈去病，抑或是苏州当代书画名家，都十分钟爱在园林雅致的环境中，聚集志趣相投的同道，品茶论艺。

我不懂雕塑，但是我知道好的雕塑对于一座城市的意义。如果说，图书馆和书店是城市的精神客厅的话，那么，雕塑可以说是一座城市的精神地标。我曾经在比利时首都布鲁塞尔看过《撒尿小童》，在丹麦哥本哈根看过海岸边的《小美人鱼》，在美国纽约的哈得孙河口附近看过《自由女神》，在联合国总部花园看过《打结的手枪》，这些雕塑的意义，绝不亚于其他任何伟大的建筑。这些雕塑也绝不是可有可无的点缀，而是城市的精神象征。

作为教育学者，我更看重雕塑的精神力量与教育意蕴。我曾经看过著名物理学家范德瓦耳斯的故事。他出生在荷兰的莱顿城。父亲是个普通工人，因为家境贫寒，小学毕业以后他到了一家印刷厂当学徒。他家在莱顿大学附近，每天路过大学时，他对那些大学生就充满了羡慕。在莱顿城中心的广场上，矗立着荷兰大画家伦勃朗的雕塑。伦勃朗也是苦孩子出身，原是油漆店学徒。据说范德瓦耳斯经常去瞻仰大画家的形象，甚至每天清晨上班都会绕道去瞻仰伦勃朗的塑像。这塑像成为他每一天的第一课。这种精神感召激励着他。他发誓，自己也要做一个把名字写在历史上的伟大的荷兰人。于是，他一边工作，一边开始了艰苦的自修历程。经过十年的努力，他终于获得了教师资格证书，当上了小学老师，这当然不是他的最终目标。在有了一定的物质条件以后，他便放弃了这份来之不易的工作，以旁听生的身份来到莱顿大学学习，并于三十六岁那年获得了博士学位。他的博士论文提出了非理想气态的状态方程，即著名的范德瓦耳斯方程。后来他还因此获得了诺贝尔物理学奖。

当然，我们不能武断地说，一座好的雕塑可以改变一个人的人生；但是，好的雕塑，可以鼓舞我们前行的勇气，给予我们精神的力量，这是毋庸置疑的。

感谢苏州工艺美院的艺术家们为我深爱的这座城市所做的工作，我也深信，在雕塑学会的努力下，能够塑造与我们这座伟大城市相媲美的伟大雕塑，它会成为苏州的一道新的风景，成为苏州人的深刻记忆，为无数过客归人提供源源不绝的勇气与力量，为这个世界创造出更为动人心魄的美好。

（《姑苏晚报》2016 年 6 月 12 日）

# 从苏州博物馆说开去

文化是民族的根，文化是国家的魂。“仓廪实而知礼节，衣食足而知荣辱”，虽然上学、看病、住房等都是老百姓最关切的问题，但是如果我们没有自觉的文化意识，没有对于民族传统文化的特殊情感，没有系统地传承文化的措施，我们就不能真正地拥有自己的精神家园。所以，我建议，应该大力弘扬中国传统文化，并且让其在大中小学的课程体系中有一席之地。

中国传统文化的传承应该从物质与非物质两个系统进行。物质方面，最重要的是建筑文化。建筑文化可以从两个路径开始，一是要努力地保护古建筑、古民居、古村落，应该尽快进行全国的古建筑、古民居、古村落的普查，建立各级政府的保护名录，明确责任。对于无力保护的地区，应该由国家财政买单。二是要加大对现代建筑的文化审查。现在的建筑规划，文化严重缺位，国家用巨大的资金投入现代建筑，但是完全没有民族的风格，没有中国的气派。贝聿铭先生设计的苏州博物馆为我们做了一个非常好的榜样。既是中国的、苏州的，又是世界的、现代的。中国最近几十年有多少这样的建筑？所以，我认为，在城市规划中，应该有文化部门的参与，有文化人的参与。

非物质方面，主要有戏曲、节庆、诗词、家书等。戏曲，特别是地方戏曲的式微，应该引起我们的高度重视。冯其庸先生曾经说过，中国的戏曲如果灭亡了，中国传统文化也就灭亡了一半或三分之一；一个民族如果失去了传统文化，这个民族也就失去了自己独立存在的精神基础。

以昆曲为例，现在国家的昆曲基金主要用在创新上，用在出新戏上，我认为方向不对，首先应该抢救、传承。应该把老艺人尽快集中起来，恢复传统的昆曲折子戏，同时教给年轻人。应该在大中小学将非物质文化遗产纳入课程。

传统的节庆也是一个非常重要的问题。其实，节庆是凝聚着民族文化习俗与文化情感的活动，也是彰显民族文化特色的重要渠道。现在，青少年已经习惯于吃洋饭过洋节，对于中国传统节庆似乎已经开始淡忘了。我认为，至少清明与中秋两个节日，应该成为中国人最重要的休假日。在清明，大家要回家乡扫墓，纪念自己的亲人，这其实是中国人的感恩节。中秋，是中国人团圆的日子，中国文化中有多少月亮的传说与诗词！这其实是中国人的亲情节。

至于诗词，作为汉语中最美丽、最精致的表达，作为中国文化的精华，作为中国古代文人最基本的交往方式与生活样式，吟诵唐诗宋词，修习琴棋书画，曾经是古代知识分子的必修课。现在，这些东西正在离我们远去。传统文化的弘扬与保护，应该是中国文化建设中最急迫、最重要的事情，应该作为国家的方针政策强力推动。

（《姑苏晚报》2016年6月19日）

# 有感于敬文实验小学建博物馆

现在，博物馆作为一个记载历史、弘扬文化、教育民众的场所，在我国也非常普及。除了政府设立的各种公共博物馆，还有大量的民间博物馆。一些大学，也开始向西方学习，建立自己的博物馆，但是，我几乎没有听说小学办博物馆的。

最近，苏州的一位朋友告诉我，敬文实验小学在建博物馆。我听了深感欣慰，并对新任校长潘娜的创意击节称道。有思想有才华的校长都很讲究在自己的学校里创特色，并长久地将这种特色保持下去。这种有特色的学校，于万千学校中卓然独立，那就是群鸡中之鹤，那就是标新立异。

敬文实验小学我并不陌生。今年春节期间我还去过一次。我知道，学校在充分挖掘本校校史资源上做足了文章，激发了学生爱学校、爱家乡、爱祖国的情操，培养出了一批品学兼优的学生。其中，大家交口称赞的好学生朱文卿和李韬，高考分获苏州文理科第一名，分别被北大和清华录取，赴京之前，他们有情有义地来到当年的小学校园，与当年的小学老师告别，与矗立在校园的朱敬文铜像告别。我觉得，这两个学生，无异于两座最好的奖杯，而且不需要谁来颁发，他们自己就这么走着奖给自己的母校。这是学校历史中让人感动、让人回味的闪光镜头，可以长久地讲给他们的学弟学妹们听，让这样的闪光镜头成为有源之水。

现在，他们又要建立博物馆，试图通过这样的方式，真实全面地反映学校六十余年筚路蓝缕、自强不息、曲折辉煌的奋斗历程，传承深厚的人文底蕴，继往开来，追求卓越。据说，学校正在向在职教工、离退休教工、新老校友及社会各界人士征集学校各个历史时期的教育文物、史料、资料、照片、出版物、印刷品、票证、班级毕业照片、纪念册、徽标、印章及其他实物。作为响应，我愿意将我好几年前到学校会见朱敬文先生长子朱恩馀先生时的合影照片捐出。

敬文实验小学建博物馆，一定会记录慈善家朱敬文、朱恩馀父子的故事。他们不仅与敬文实验小学渊源深厚，也给苏州这座城市增添过许多温暖。

（《姑苏晚报》2009 年 7 月 24 日）

# 为陆文夫建一座纪念馆，如何？

春节回苏州，与几位文化界的朋友聊天，谈到了陆文夫。

朋友说，作为一个把自己的作品和生命都献给了苏州的作家，作为一个用《小巷深处》和《美食家》等小说让世界记住苏州的“陆苏州”，苏州也应该记住他。

由此，大家提议建一座陆文夫的纪念馆。我第一个附议赞成。

也许，有人会说，苏州已经有了名人馆，包括陆文夫和当代院士在内的五百名家，都已经在那里榜上有名了，不必再另外建纪念馆。我不以为然。如果这样，苏州那么多文化名人，就永远只需要一座名人馆就够了？其实，纪念文化名人，国际上通行的做法，是在他曾经生活的地方或者工作的场所，留一个空间，触景生情，睹物思人，没有这样的“场”，就好像舞台没有了背景。

也许，有人说，苏州那么多的文化名人，如果每一个人都建一座纪念馆，要建多少馆才能够容纳得下？我也不以为然。我一直在想，如果苏州这座城市真的能够为那些文化名人建一座一座的纪念馆，如果我们在苏州随时随地可以走进韦应物、白居易、范仲淹、唐寅、文徵明、蒯祥、周瘦鹃、李根源、谢孝思、陆文夫等人的纪念馆，那该是多么美丽的邂逅啊！

记得我在《一个人与一座城市——谢孝思与苏州文化》的序言中曾经说过，在当代苏州，有两个人我们不能忘记：一个是李根源，另一个是谢孝思。苏州两千五百多年的历史与文化固然深厚博大，但如果没有一代又一代文化名人的挚爱与培植，没有他们将源源不断的聪明与才智投入并营造，其辉煌恐怕也难逃日薄西山的命运。两位大家，一代名士，都不是苏州人，却以苏州为家，为苏州殚精竭虑，为苏州添薪续火。这是苏州的骄傲，更是苏州的幸运与福分，也是苏州美丽延续之所在。

现在看来，需要加上一个人，他也不是苏州人，但也是长期生活在苏州，他就是陆文夫。他虽然没有像李根源和谢孝思那样，直接投入“物”的建设，但是他在苏州人“心”的建设上，是有独特贡献的。陆文夫的作品没有宏大的英雄叙事，作品的主人公大部分都是普普通通的小人物；但是，这些小人物，恰恰反映了大时代。正如范小青在评价陆文夫时所说：“苏州只是他观察世界的窗口，只是他通向更广大境界的出发地。在苏州韵味的背后，始终有一个宏阔的历史大背景存在。前景是吴越美食，是市井小巷，但因为深厚历史背景的存在，他的作品有一种独特的穿透力，在他作品轻松幽默的背后，有一种‘重’的力量。陆文夫写出了吴文化的骨。”

是的，人与城市，从来就是相辅相成的。伟大的城市也总是与伟大的人物相辅相成的。一座城市建设得再美丽再辉煌，如果没有关于这座城市文化名人的传说和记忆，充其量只是一座可以观赏而不能够回味的城市，就像绍兴没有了鲁迅，斯特拉福德没有了莎士比亚一样。文化和名人，是让城市具有内涵和历史的主要载体。

所以，我支持为陆文夫建一座纪念馆，让《小巷深处》《献身》《小贩世家》《美食家》《井》《围墙》《清高》《人之窝》等那些脍炙人口的作品手稿和出版物，以及日、英、德、法等各种语言的翻译文本，让陆文夫先生生前用过的文房四宝等，永远地陈列展览其中，其实也是为这座城市留下的文化记忆。

我不主张建名人纪念馆的事情由政府大包大揽，完全可以调动民间的资源和力量。

我一直认为，苏州的风景，不仅需要园林、昆曲、评弹，更需要那些伟大的灵魂。徜徉在这座城市，看到一个一个名人的纪念馆，我们就可以随时随地与这些灵魂对话，呼吸他们伟大的思想和智慧，我们的孩子们也会与这些伟大的灵魂为伍，这是多么令人神往的风景啊！

（《姑苏晚报》2012年2月4日）

# 中秋怀友

中秋节的早晨，楼下的钱璎大姐和王亚丹送我一本《阿英旧藏金石拓片·明代名家书法扇面集》。钱璎大姐对我说："你是晓旺的恩师，晓旺曾经交代要送一本给你的。"

我一怔之下，竟是热泪盈眶。

和晓旺君子之交数十年，今年"五一"回苏州，我才知道他在大年初二因病去世，而我当时正在北京过春节，竟然一点也不知情。

说我是晓旺的恩师，其实更像是历史开的一个沉重的玩笑。那是20世纪80年代末，在苏州大学任教的我刚被评为副教授，又担任了苏州市青联的副主席，社会联系比较广泛。当时，凡晓旺、汪长根等苏州的一些文化名人，因“文革”错过了高考，正处于“补文凭”的当口，在中央党校读函授本科，需要论文指导。我因此有幸成为他们的所谓“导师”。虽然第一次见面时我就表明大家是互相学习共同进步，但晓旺和长根却一直对我执弟子之礼。

晓旺念念不忘要送给我的，是一本不同寻常的书。毫不夸张地说，这本《阿英旧藏金石拓片·明代名家书法扇面集》，是四代人共同努力而成的。

书，缘起自钱璎大姐的父亲阿英(钱杏邨)。他是著名的文学家、戏剧家和收藏家，精心收藏了六大樟木箱藏品，汉画像石、汉砖、瓦当、造像、镜、洗的拓片及砚谱占了很大比重，其中就有不少明代书法扇面的拓片。这些拓片以行草为主，大多为沈周、文徵明、唐寅、董其昌等明代书法名家所书，清中叶初拓。在行草书法谓之高峰的明代，能流传下这样一批拓片，殊为可贵。

因此，早在 1993 年 1 月，钱瓔大姐的先生、阿英的女婿凡一，就将这些拓片初步编辑整理完毕，为每一幅拓片写了说明文字。1999 年 1 月，又为全书撰写了序言。曾有多家出版社表示此属难得的精品之作，但因经费原因未能出版。其实，凡一先生曾先后担任过苏州市委宣传部部长、市委副书记、市政协副主席，利用自己的“权力”和影响力，出版一本书应是易如反掌，但是他没有这样做。天妒英才，写完序言不久，凡一因为突发心脏病离开人世。

晓旺是钱瓔大姐和凡一的儿子、阿英先生的外孙。2012 年，晓旺又对书稿进行了进一步整理修订，准备出版。晓旺是《姑苏晚报》的创始人，手下也有现成的古吴轩出版社，出版这样一本有价值的书，不仅合情，也是合理。可是，他仍然没有这样做。

晓旺在今年 2 月 11 日撒手人寰，这本书在今年 1

月正式出版。这是由钱璎大姐的孙子、阿英先生的重孙、晓旺之子凡旸出资十余万元，完成了父辈三代的心愿，终于使得阿英收藏的这些书法精品能够被世人分享。

慢慢翻阅这本沉甸甸的大书，精美的艺术作品，背后四代人的志愿接力，我仿佛步入了一道艺术的长廊，更似乎汇入了一条生命的长河。感受最深的，自然是对曾经与我同时“畅游”的晓旺。

高个、平头的晓旺，个性非常温和内敛，话语不多，却很实在。1997 年年底，我到苏州市政府工作，为了推动苏州中小学的足球运动，我们准备发起暑期足球大赛。我请他帮助落实球赛的赞助商，他二话没说就答应了下来。因此就有了一年一度的“姑苏晚报 · 可口可乐杯”中小学生暑期足球比赛。我们一起为参加比赛的近百支球队助威，有好几次比赛的开幕式都是晓旺主持，我致辞或者宣布开幕。

1999 年，我们又成为楼上楼下的邻居。他主动帮助我订阅了《姑苏晚报》，并动员我为晚报写文章。在他的“怂恿”之下，我和儿子合作在晚报开设了专栏《滴石斋闲话》。开始是隔周的父子二人转，后来儿子学业忙碌加懒惰经常停顿，我则一直坚持了下来。钱瓔大姐说，她每期必看我的文章。许多苏州的领导和朋友也对我说，看我的文章，似乎感觉到我仍在苏州。的确，从三十五年前来到苏州，我也感觉从来没有离开过。而我这些年之所以本职工作繁忙，还能业余时间里笔耕不辍，很大程度上必须归功于朋友们亦友亦师的鼓励与督促，晓旺正是一个这样的朋友。

前几年，晓旺退休了，我也去了北京工作。偶尔回苏州，我经常在散步时见到他。看到他拖着不太利索的双腿坚持锻炼，我一直鼓励他，而他的乐观坚韧，也一如往常。正所谓君子之交淡如水，见面尽管寥寥，仍是亲切如故。

失去了，才知道珍惜。晓旺退休后曾结集出版过一本题为《纸醉笔迷》的报刊作品自选集。或许是家学渊源，他对自己的文字极为苛刻，以不足三百页的篇幅浓缩了他一生的精品文章，让人们略见他的风采，感受到他那种平实中的睿智，质朴下的坚毅。那时我就想，今后有机会一定要与他好好聊聊，听他讲那些文化往事，讲那些苏州旧事，讲他的父亲、外公以及他自己的故事。可是，虽然与晓旺生活在楼上楼下，却因为工作忙碌来去匆匆，一直未能如愿。如今，一书在手，故交却已匆匆远游，怎不令人扼腕?!

今夜，月圆，人不圆。晓旺，你在那边还好吧？那里的月亮一定也像苏州的一样明亮吧？听说你曾交代亲友，如果是春节期间去世，不要惊动大家，假期过后再告知，一切从简；听说你走后，诸多故交旧识纷纷撰文怀念，记忆的碎片又拼出一个让人感佩的你……的确，人活着，归根结底活的是一种精神。那么今夜，其实月圆人也圆，因为你仍然活着，只是更深切地走到了我们心上。在这个中秋，就请你再次共赏这轮明月吧。恍若从来无所缺，最是中秋月明夜。

（《姑苏晚报》2013 年 9 月 21 日）

# 梦里天堂姑苏情

经常收到苏州的朋友们寄来的著作。我总在第一时间翻阅品读，每每充满着欢喜。是的，分享他们精神的果实和收获的快乐，是独在异乡为异客的我化解乡愁的心理疗法。

不过，前不久收到《姑苏晚报》总编辑詹刚兄寄来其新著《天堂苏记》，却感觉有些意外。我知道，此前他曾出版过《处世在度》（1994）和《人生在己》

（2004）两本书，我也有幸拜读过他的这两本赠书。我还记得他曾告诉我，他有一个人生的小规划，就是十年写一书。不出意外的话，第三本书应该也是关于人生的思考，但是，我收到的分明是一本关于苏州的著作，而且是一本从历史地理到人文教育，从园林昆曲到城建生态，专业性强、内涵丰富的著作！

读后方知，这本书的缘起，竟然是詹刚的“知耻而后勇”，因为一位朋友关于苏州的发问：这位远方朋友来到苏州，提了几个关于苏州的问题，颇感还有点文化底蕴的詹刚被“问蒙了”。他产生了强烈的“自责与汗颜”。君是天堂人，应知姑苏事。作为一个苏州人，当然应该了解一些苏州文化。于是他开始留意和收集关于苏州的资料。

不关心也罢，真正走进去，詹刚发现专门介绍天堂苏州的书籍远远没有想象的那么多，更不是那么系统。于是，自 2010 年 5 月 1 日开始，他用了三年多的业余时间写下了这本充满浓浓乡情的书稿。选择 5 月 1 日动笔，是他精心的安排，因为这一天举世瞩目的第 41

届世界博览会在上海开园，上海世博会的主题就是“城市，让生活更美好”，这也寄托着他对天堂苏州的期待。我想，其实还有一个他没有说的原因：这一天是国际劳动节。一个伟大的劳作就要开始了。

作为一个写作者，我知道写作的艰苦，也知道写作的欢愉；知道激情洋溢欲罢不能时一吐为快的畅快，也知道枯坐无言搜肠刮肚却挤不出词的苦恼。詹刚在写作这本书时的心灵历程，应该更多属于前者。因为他说，天堂的基因早已注入了他的躯体，他不能不为天堂苏州喝彩、叫卖和立言，他的灵魂不能不为天堂苏州翩翩起舞。

这本书的写法很特别。全书七章的章名串联起来就是一首可以吟诵的诗歌：得天独厚好地方，鱼米之乡繁华地；悠久历史始春秋，称霸一时曾风流；千年古城数第一，至今犹存更盎然；自古文盛出状元，崇文重教代代传；苏州园林甲天下，天人合一世无双；人间哪得几回闻，此曲只应天堂有；梦里水乡别样红，明日天堂向何方。詹刚借鉴苏州评弹中说书人的技艺，娓娓道来，夹叙夹议，讲故事，谈掌故，间或插点现在流行的段子，幽默风趣。这本书不像一般的历史书那样严肃，一本正经，也不像一般的野史那样不成体系，是一本不错的天堂苏州读本。

人总是需要一点精神的。人也是需要有些追求的。由詹刚出书，我联想到领导干部的业余生活如何丰富的问题。我曾经说过，希望领导干部“多一点书卷气，少一些烟酒味”，这不是不要应酬，也不是要大家戒烟戒酒，更不是要大家把本职工作丢在一边去写书，而是与大家共勉，在努力做好本职工作的同时，让自己的业余生活更充实更健康起来。最好能够做一些与本职工作联系紧密，能够丰富和完善本职工作的研究。詹刚曾经在市委宣传部工作，是一位行伍出身的政府官员，后来又到市广电总台和苏州日报社担任领导，无论在什么岗位，他总能够笔耕不辍，坚持读书写作。他的这本书，其实就是把本职工作与研究完美结合的典范。

其实，不仅是领导干部，如果我们每个人在职业生涯中，都能够关注一些问题，研究一些问题，说不定，你也可以成为一个小小的专门家呢。詹刚在他这本书的最后说出了他的心愿，这就是希望有一天，“你来到天堂苏州，看见一个人，什么也没说，什么也没做，但你只要瞧他一眼，便知道他是苏州人”。为什么呢？那是因为苏州的文化已经潜移默化地沁入了他的血脉，化为他的素养、内涵和气质了。他说的这个心愿和我的期待也是相通的。是的，天堂苏州最美的风景，应该是人。

写这篇文章的时候，我一边品尝着苏州朋友捎来的碧螺春茶，一边欣赏着窗外北京的枝头才开始露出的绿芽，眼前不自觉地浮现出天堂苏州的郁郁葱葱。总是忘不了苏州的春色，忘不了苏州的朋友。梦里天堂姑苏情。感谢詹刚兄的这本书，把我带回了苏州。期待这本《天堂苏记》把更多的朋友带往苏州。

（《姑苏晚报》2017 年 4 月 9 日）

# 一个人的梦想

雨果书店，曾经被认为是苏州“最文艺”的书店。

创建于2003年的它，以浓郁的人文气息、优雅的艺术陈设，一度备受读者好评，成为十全街一景。也因此，去年它一度挂出出租招牌时，立刻就有报道惊呼“十全街书香行将消失”，扼腕痛惜之情溢于言表。

转眼又到今年5月，雨果书店再一次被推到了风口浪尖上：“进店需购一本书”的规定，被读者指为“霸王条款”，雨果书店也被舆论批为苏州“最牛”书店。

从阳春白雪、交相赞誉，到半死不活、毁誉参半，我一直关注着雨果书店。不仅因为这家书店是中国民营书店的一个标本，在阅读式微的今天，它遭遇的命运，正是阅读现状出现急剧改变的一个缩影，还因为它的老板是我大学的同桌刘晓东（笔名刘泰特）。

10 月 5 日下午，晓东告诉我：“书店每周六晚上有一个讲座，今天正好是星期六，我准备讲莎士比亚的戏剧《威尼斯商人》，你有没有兴趣来看看？”

苏州古城小，晚饭以后我散步十几分钟就到了位于人民路、十全街交叉口的雨果书店。门口赫然写着“最好的教育，在雨果书店”的字样，以及关于阅读的一些格言。

到了讲座的时间，书店仍然空无一人。员工告诉我，这是今年的第十四期讲座，已经在新浪微博做过广告。因为讲座的“门槛”是“参加讲座者需任意购书一本”，加上过节，所以没有人来听讲了。原来有几位固定的听众，是来自一个幼儿园的几位老师，因为喝喜酒也没能来参加。所以，真正的听众只有我一人。

晓东有一些尴尬。我和他讲起了虎丘山“生公讲台”的故事。传说当年晋代高僧竺道生在虎丘讲经，广场也是空无一人，但是他坚持讲经，结果讲得顽石点头。一个人勇于把自己的梦想付诸行动时，世界就是观众。我说，希望有一天你能够讲得书店里所有的图书也点起头来！我们都开心地笑了。

晓东人文的学习面宽阔，今年雨果书店的讲座目录基本是关于文学的，从但丁的《神曲》到歌德的《浮士德》，从塞万提斯的《堂吉诃德》到卡夫卡的《城堡》，从昆德拉的《生命不能承受之轻》到莎士比亚的《威尼斯商人》。他的解读，不是简单的文学赏析，而是从文学入手，从哲学、历史学甚至经济学等多重角度剖析，颇具深度。

晓东是一个读书人，更是一个爱书人。在大学期间，他经常逃课在图书馆读书，每遇好书，我都是第一位分享者。海斯的《世界史》，汤因比的《历史研究》，福泽谕吉的《文明论概略》，以及《第三帝国的兴亡》

《林肯传》《拿破仑传》《光荣与梦想》等许多名著，都是他推荐给我读的。作为“回报”，复习考试的事情，我也帮了他一些忙，但是因为逃课，他还是受到了学校的处分。他对我说，与读书的收获相比，这个处分，值得！

晓东是一个特立独行的人。他的父亲是高级干部，但是，他除了经常与父亲讨论争辩，没有找父亲帮任何忙。他的工作还是我给介绍的。在江西人民出版社担任编辑期间，他与众多著名经济学者有广泛接触，在国内最早编辑出版《西方经济学名著提要》《西方管理学名著提要》等著作，并主编出版了国内首部《中国当代经济科学学者辞典》。

晓东是一个追求自由的人。他不仅追求思想的自由，也追求行动的自由。股市出现以后，他终于找到了一个真正的“自由职业”，经济上实现了自由独立。手里有了钱，赢得了物质上的自由以后，他开始圆年轻时的纯粹性的读书兴趣梦。为了更痛快地读书，他想到了办书店，一方面想把人类所有经典好书汇聚于书店内，一方面把读书改变人生的切身体会，介绍给社会读者。

这才有了雨果书店的诞生，十年来，书店每年都亏损。如若晓东把书店的房子租出去，则一年至少可以赚几十万房租，但他一直不愿意这么做。他说，其实自己是把书店当作书房的，书店是与大家分享的大书房。许多好书，他都会买上几十本送给朋友，而他自己为了方便阅读，则是住宅和书店同时有复本若干。前不久在他的博客中看到，他还为苏州的企业家朋友的家庭藏书开了书单。

晓东也是一个思想者。在阅读之余，他还把自己的思考诉诸文字，《刘泰特谈话录》已经写了近四百篇。他告诉我，自己的思想如同打开了话匣子，想不停地说，“它们争先恐后，以至于让我给出生命绝大部分时间，让思想展现自己独立的生命”。他自信地说：“精神在物质躯体上栖息，精神很容易被物质窒息，只有躯体的物质性甘拜下风，精神的创造性生命才能引吭高歌。”他对我说，只要他的生命还在，书店就会在。这说得似乎过于斩钉截铁，但我相信，无论书店是否存在，我所熟悉的那个读书人、爱书人，那个为读书而逃课的晓东，是永远不会变的。

其实，有钱之后开书店，是很多爱书人的共同梦想。只是物质与精神之间的矛盾，就如鱼和熊掌可否兼得的疑问，是人类面临的永恒难题。而当下世界恰逢网络引发各领域发展模式的巨变时期，当下中国又正值经济发展反哺孕育文化的初始阶段，书籍作为一种特殊商品，在用物质的实物承载着纯粹的精神，书店作为一个特别场所，又以物质的实体汇聚着精神的交流。这般错综复杂的矛盾依存甚至激烈对抗，才会在雨果书店与其他诸多兴旺一时的民营书店身上，呈现出这样堪称悲壮的生死选择。

但阅读绝不仅仅是个人的事情，书店，是城市的精神客厅。随着时代经济意识的急剧膨胀，拜金主义、拜物主义俨然已成潮流，精神的纯粹性逐渐边缘化，唯经济意识带来的弊端越来越伤害着人性，应对之最主要的良方就是高品位的书籍阅读。因此，阅读越来越强烈地凸显出它无可替代的崇高精神文化价值与效用。

一个民族的精神境界取决于全民的阅读水平，一个国家的发展取决于全民的精神认知能力，全民阅读的水平决定着一个国家和民族的素质。政府相关部门如何加强相关的服务与支持，为民营书店提供一些比如购买公共服务的政策，帮助雨果书店等得到更好的发展，是推动全民阅读中急需解决的具体问题。因为对市民来说，如果说新华书店等大型书城是精神广场，雨果书店这样定位精准的特色书店就是一座座精神殿堂。这些书店一旦生机勃勃，一座城市乃至一个国家，也就成为了百花齐放的精神花园。

离开雨果书店时，我与晓东相约，老了以后，一起到雨果书店来喝茶、读书、开讲座，培养更多的读书、爱书人。这些年来，我和晓东殊途同归，也在为推动阅读而奔走呐喊。正因如此，我理解他在这个时代里开一家书店的不容易，我懂得他的执着之源泉。雨果书店被非议的“霸王条款”，其实并非真的“霸王”，早有专业法律人士给出了“不违法”的回答。晓东告诉我，买书的规定并不是出于经济角度的考虑，而是为了给自己营造一个比较清静的工作环境，考虑到一些负面评论，目前雨果书店已经取消进店购书的规定。拥有一家书店的读书人，是幸福的。我希望，有一天我也能开一家书店。那时，我要为每一个哪怕仅仅是愿意翻一翻书的人，热诚地斟上一杯茶，鼓励人们把书一页一页地翻下去，把一本本好书介绍给他们，把天下人变成爱书人——这似乎只是一个梦。

但我相信，对我一个人来说，这纯粹是个梦，做梦的人多了，就会成真。大梦，不必醒。

（《姑苏晚报》2013 年 11 月 2 日、11 月 9 日连载）

# 发现美丽

周庄现在已经是名扬天下了。

这个古镇，也似乎命中注定与画家有着不解的情缘。

提到画家，人们首先想到的，自然是陈逸飞先生。这位英年早逝的天才画家，因为他的那幅《故乡的回忆——双桥》被哈默博士慧眼相识，购买以后转赠给邓小平，而让周庄一举成名天下知。所以，在许多媒体上，陈逸飞先生被评价为“发现周庄第一人”。

提到画家，人们也不会忘记吴冠中先生。这位刚刚乘鹤西去的艺术大师，因为他以周庄为题材的系列水乡作品，因为他那句经典名言“如果说黄山集中国山川之美，周庄可算集中国水乡之美”，而让周庄毫无争议地成为“中国第一水乡”。因此，也有不少文章认为吴冠中先生是“发现周庄第一人”。

其实，还应该有一个“发现周庄第一人”，这就是苏州的本土画家——杨明义先生。因为，陈逸飞和吴冠中先生的出场，他都是背后的重要“牵线人”。

20 世纪 70 年代末，杨明义在苏州博物馆一张旧桌子的玻璃板下面，看到了一张很小的黑白照片。他敏锐地感觉到，那是一处美丽、典型的江南水乡。于是，他用速写本将照片上的景色画了下来，同时打听到“那景色似乎是在昆山附近的一个小乡镇”。经过一些周折，杨明义终于寻访到了这片土地。他立即被这里古老、质朴、宁静、幽邃而含蓄的美丽所吸引，画家发现古镇的兴奋，恐怕不亚于哥伦布发现了新大陆。几天后，杨明义带回了许多速写和大量黑白照片。与此同时，杨明义把这一发现先后写信介绍给了自己敬仰的吴冠中、华君武、陈逸飞等人，促成了他们的周庄之行。

1985 年 5 月，吴冠中和夫人在杨明义的陪同下赴周庄写生，一待就是十多天。

2001 年，杨明义出过一本画册《杨明义画周庄》，是吴冠中先生题写的书名。书后面就附有一些周庄的老照片，但是这些照片只是他拍摄的周庄旧影的一小部分。那个时候，作为苏州分管文化的副市长，我就建议他能够出一本关于周庄的老照片集，因为它不仅是珍贵的文物资料，而且应该是现代周庄建设的指导材料。忙于画务和北上开拓的他，当时无暇顾及，是可以理解的。

没有想到，他没有忘记这个嘱托。现在，这本仍然由吴冠中先生题签，由苏州年轻的装帧艺术家周晨先生设计的《周庄身世》终于就要付梓了，我的欢欣之情自然难以言表。

现在的周庄自然是不同以往了，宛如一个羞涩的村姑脱胎换骨似的成为了一个美丽的贵妇人。一个幽美宁静的水乡古镇，也脱胎换骨成为了一个现代化的水乡城镇。这个过程是伴随着工业化、城市化、现代化进程的必然选择。这里面，有几多痛楚、几多欢乐、几多迷惘、几多追寻、几多梦想，我们是可以想见的。这个时候，我们读明义的这本老照片，想起从前的周庄，就不仅是发思古之幽情了。因为，其中已经有我们对自己的反省，有我们对文化的自觉，有我们对未来之路的探寻。

所以，这本《周庄身世》，也就不仅是收集一些发黄了的老照片，让我们看看过去的周庄长得如何，而是让我们思考究竟需要怎样的现代化，需要怎样的美丽。世界上的许多好地方，都是艺术家发现的。他们用自己美丽的眼睛，发现了那些美丽的地方，然后用美丽的艺术——文字的，或者视觉的，把它们传播出去，为世人所知晓。周庄也是这样。

（《姑苏晚报》2010 年 8 月 28 日）

# 一个人与一个小镇

一晃来到北京快九个年头了。

然而，苏州的许多人与事还是不断出现在我的世界里。毕竟苏州是我曾经生活了三十年的地方，我人生的青春岁月在这里度过，我生命中最重要的“他人”也大多在这个第二故乡。

前不久，收到苏州朋友屈玲妮寄来的郭军先生的著作《屈玲妮的周庄世界》，很是开心。她说，虽然这本书几年前就出版了，但一直不好意思寄给我，这次重印又想到老朋友，还是希望我提提意见。

《屈玲妮的周庄世界》这个书名，简洁清晰，也名副其实。

因为，周庄是世界的周庄。它不仅是“中国第一水乡”，也是世界闻名的古镇，曾经荣获联合国迪拜国际改善居住环境最佳范例奖、联合国教科文组织亚太地区世界文化遗产保护成就奖等诸多殊荣。

因为，周庄就是屈玲妮的世界。屈玲妮不仅生于斯长于斯工作于斯奉献于斯，也自觉自愿地把自己的全部心力用于斯。她十六岁开始在这里当教师，三十岁开始在这里做旅游，后来又成为这里的“一把手”。无论是她在周庄的岁月还是她离开周庄的日子，周庄都是她最重要的牵挂。

还因为，周庄通过屈玲妮成就了一个新的世界。虽然历史上这里有北宋周迪功郎，有明初的“江南首富”沈万三，虽然周庄因为20世纪80年代被我的另一位好友——画家杨明义发现，杨明义不仅自己作画，还将照片无私分享给远在美国的至交陈逸飞，让陈逸飞所画的周庄成为了一张周庄的世界名片，但直到90年代初，周庄毕竟还是苏州最穷、最偏、最苦的小镇之一。而屈玲妮用了不到十年的时间，在这里成立了中国第一个乡镇旅游发展公司，创办了中国第一个“国际旅游艺术节”（首届周庄国际旅游艺术节），创建了中国第一个古镇保护体系，修建了第一艘“周庄舫”承办亚太经合组织财长会议，筹建了第一个国家火炬计划昆山传感器产业基地，举办了中国第一次国际旅游小姐大赛……就这样，她竟然带着一群人，把周庄变成了一个生活富裕、交通便捷、幸福美满的小镇。

很多人对屈玲妮所做的这些，早已经耳熟能详，但其实还有更多故事很少有人知晓。从我和屈玲妮之间的交往故事，就能够看出她建设周庄的见识与胆识。

大约是在1995年，那时我在苏州大学担任教务处处长，负责全校的招生、教学管理等事务。有一次陪同客人去周庄参观，认识了屈玲妮。没有想到，她竟然提出：要在周庄办一所大学！

长期在大学工作的我知道，办一所大学谈何容易！屈玲妮说，周庄把许多的“不可能”都变成了“可能”，为什么不能够在周庄办一所有特色的大学呢？我告诉她，一所大学，从规划、申请，到招聘教师，学校建筑的设计、建设，周期非常长，需要的经费也非常大，靠一个小镇的力量是难以完成的。最好的办法，是依靠现有的大学办一个分校，依靠民间的资本合作建校。

屈玲妮不仅有着坚持梦想的魄力，而且有着灵活处事的头脑。她高兴地赞同了我的提议，觉得这是一条最理想、最快捷的办学道路。她还解释，她的梦想不是简单地办一所大学为周庄撑门面，而是希望通过大学为周庄的旅游带来文化的底蕴，带来持续的人气。

我把屈玲妮的梦想向苏州大学领导做了汇报，在周庄办一所应用技术学院的构想得到了学校的支持。合作大学的第一步迈出了，在接下来寻找资金的合作方时，她很快找到了在周庄投资的上海云海实业股份有限公司董事长施有毅。与屈玲妮一样，施有毅也是一个致力于把不可能变成可能的人，他的公司在上海也创造了许多“第一”的纪录：第一个把火腿以切片真空包装形式引进上海，开设了第一家民族歌舞伴餐的酒楼，在沪青平公路开办了第一家海鲜餐馆，在周庄修建了第一家度假酒店。记得与施有毅第一次见面的时候，我曾经建议办一所不收学费的大学，学校的所有事务均由学生勤工俭学完成，他的度假酒店和其他企业的主要员工，也由学生兼任。他甚至设想在周庄建一个演艺中心，在留住游客的同时，也为未来的学生提供更广阔的就业前景。

说干就干，不到两年的时间，一所占地四百亩，总投资近两亿元人民币，建筑面积近十万平方米的现代化学校，就在周庄古镇的边上正式竣工了。1997 年 11 月，学校正式批准成立。后来，民间资本退出，该校成为苏州大学公办的本科二级学院，拥有机电工程、电子信息、服装、旅游、经贸、外语、财会、艺术等八个系科，在校生七千二百多人，赫然已是周庄古镇的一道文化风景。

我曾经主持编写过一本小书《一个人与一座城

市——谢孝思与苏州文化》，讲述的是谢孝思先生与苏州古城的故事。其实，无论城市还是乡村，它总是与某一个人或者某一群人共生的。如果一个人能够永远和一座城市、一个乡村联系在一起，如果我们因为一个人想起一座城市、一个乡村，或者提及一座城市、一个乡村就会想起一个人，就说明它们已经互相成为不可分离的文化标识，无论是这个人还是这方土地，也就真正写在历史上了。屈玲妮和周庄就是如此。

幅员辽阔的中国正处于城镇化的进程中，有着一个又一个的小镇，在呼唤着扎根于此的一个人或一群人。衷心盼望时代的大潮中，能够不断涌现这样的传奇。

（《姑苏晚报》2017年9月13日）

# 百岁不减青春容

诞生日，是一个非常值得纪念的时间坐标，它是一个生命从无到有的起点。平直实验小学迎来了百岁华诞，我作为这所学校的一个老朋友，在北京遥寄祝福！我曾经写过一篇向苏州大学的青春致敬的小文章《百年东吴仍青春》，现在，我同样要为平直实验小学的青春致敬。

平直实验小学在苏州并不是一所非常耀眼的学校。

市实小、沧浪、平江等学校的光芒，吸引了太多的眼球，但这也让她更加宁静、安详和精致。我在苏州工作时，曾经多次走进这所规模不是很大，却处处体现着苏州园林一样雅致的校园。因为平直实验小学是我们比较早的新教育实验学校，所以也就特别关注她的发展。早在 2001 年 9 月，这所学校就承担了苏州市“十五”规划课题“小学生日记教育实验”。参加了新教育实验后，逐步确立了以日记教育为特色的学校文化，希望通过日记教育来实现育德、育心、育品。

记得我在平直实验小学曾经说过，要写得精彩，就要做得精彩，活得精彩。日记教育好比是一条纽带，一座桥梁，它的一头是丰富多彩的生活，另一头是学生道德品质的养成和运用语言文字能力的提高。“文以载道”，日记教育的任务不仅仅是要让学生学会写日记，更要让学生学会思考，学会明辨，学会做人。也就是说，要将人文精神和人文品质的培养贯穿于整个日记教育过程中。学校的师生同写日记活动，开展得非常好，非常有成效。学校年轻的教师大都有博客，他们的教育叙事日记就坦荡荡地贴在博客上，供师生们评阅。我也不止一次上过他们的网，跟过他们的帖，明白地表示喝彩，告诉他们，我一直在关注着他们，希望他们坚持下去。在近十年的时间里，他们写日记的风气坚持得很好，一直是这个精致校园中的精致风景。回首百年岁月长廊，其中的十分之一就镶嵌有师生五彩斑斓的日记，的确让人感佩。

为写这篇小文，我还特意翻查了有关平直实验小学的史料，发现该校百年前的首位校长孔昭晋，是孔子的第七十一代孙。这是位很有个性的孔子后人。他二十七岁中了举人，之后无意仕途，边教私塾边准备迎考，一直到四十一岁才中进士。进京赶考的过程中，他居然做了一回图书贩子，将苏州的书籍带了一批北上，大受考生们的欢迎，不但帮了大家的忙，自己也小赚了一把，补充了羞涩的行囊。后来，他被委派赴日本考察教育一年，回国后，就办起了平直小学校，自任校长。

百年一轮回，现任校长徐玉英应该把自己放到这位孔校长的位置上重新开始起航了。她对我说，要让每个学生的个性得到自由张扬，让每个学生的人生体验更加丰富多彩；同时，创设和谐的育人氛围，让教师成为学生人格发展的促进者。我相信，有这样的认识作为起点，新的平直实验小学一定能够飞得更高，走得更远。

（《姑苏晚报》2010 年 9 月 4 日）

# 由清华想到振华

最近与清华大学缘分不浅。先是在清华大学百年校庆前受邀参观新的校史陈列室和科研成果展，后是受邀在人民大会堂参加校庆的庆典，亲耳聆听了胡锦涛总书记讲话。

我无意中注意到，无论是在清华的校史陈列室隆重推出还是在总书记的讲话中提到的十数位著名的学人中，有不少是苏州人，他们大多是在各自的学科执牛耳者。我还无意中发现，其中有数位与苏州的十中（振华）有关，如费孝通、李政道、竺可桢等。这三位都是振华的校友或校董，他们的青少年时代，都曾经在振华中学的校园里读书或教书。再细想，还有两位著名学人——钱三强和钱锺书，也与振华有着不可分割的关系。这两位学人没有在振华中学求学，但对于他们的成功有着极其重要作用的夫人——钱三强的夫人何泽慧和钱锺书的夫人杨绛，却都是振华当年的女学生，其中杨绛毕业后还在振华任教。

这样说来，振华与清华真是有着割不断的情缘。在中国，与清华有如此情缘的中学，振华也许是绝无仅有吧？其中，一定有值得总结和发掘的东西，一定有可以光耀后人的文化积淀，有的我们已经发现并传承，有的可能还在等待我们去发现。

这使我不由得想起我多次到振华的美好记忆。还是在苏州大学做学生的时候，我就经常散步到十中，知道它以前是江苏师范学院附中，再以前是振华女中。到市政府分管教育以后，为了满足群众对于优质教育的需求，我们决定把苏州八中并入十中，成为十中的初中部，命名为“振华中学”。八中原来是一所相对薄弱的学校，校园也破旧不堪，但我们相信柳袁照校长化腐朽为神奇的能力。

柳袁照将自己的母校十中经营得有声有色。十中的校园被媒体评论为“最有中国味道的校园”。我们想到，新振华的校园建设定然会与老振华一样优秀。果然，当新振华落成启用，我们作为嘉宾走进校园的时候，感觉宛如在瑞云峰旁。至今我还记得在围绕体育场周围的那堵文化墙上，功成名就的老校友们的画像、成就简介与他们的寄语，都刻在一块块黑色大理石上。当中有两块大理石居然是空的，像无字碑一样立在那里。我想，这或许是一种启示，是一种挑战吧，同学们看了，是完全可以用自己的感动和梦想来填写的，今后那上面的画像和介绍，或许就是自己！

现在，十中和振华虽然分开了，但是两个振华的因缘依旧，难以割舍。现在的校长是周颖，如果我没有记错的话，他的中学时代也是在老振华即现在的十中度过的。我想，他一定也会像他的前任柳袁照一样，将母校的好传统生根开花在振华校园中。

好久没有去振华了。我的“探子”告诉我，现在周颖校长仍沿用老振华“诚朴仁勇”的校训，5月份，学校还以“诚朴仁勇”为题，开展了全校演讲比赛。学校的教师与学生经常搞校园义卖义买活动，所得或用于帮助贫困学生或捐献给希望工程。老师们开设“仰望星空”和“灯彩制作”等校本课程，培养学生的科学和人文素养。学校经常组织学生、教师进社区，了解民俗文化，体察民生民情，聆听窗外的声音。因为师生们知道，现在的荣誉，大都是前人创造的；而要让振华与清华的情缘佳话源源不断地延续下去，今天的振华人，还有很多事情要做。

（《姑苏晚报》2011年5月28日）

# 生命的颜色

“5·12”将临。与灾难、生命的话题有关的消息一直在拷打着我的心灵。

前几天，《姑苏晚报》的编辑来函，希望我给汶川大地震再写一文。他说：你是最先呼吁关注灾区心理健康的心理学家和教育学家，但还是有生命在地震之后离去。前几天，一位年轻的当地宣传部副部长，也追他七岁的名字中有一“墨”字的儿子去了。“你不应该写点什么吗？”

我知道，他是在提醒我：你也是一个父亲，你不是也有一个名字中有“墨”字的儿子吗？难道能够对生命无动于衷？

昨天半夜2时30分，作家曹保印先生给我写信，告诉我，最近他和几位志愿者深入地震灾区，组织了灾区之一甘肃省文县（国家级贫困县）的一万名孩子，在特制的明信片上画了两万幅画，准备近期在全国巡展并义卖。他们还从这两万幅画中，选出了三百余幅作品，编辑成《风雨彩虹——5·12地震灾区儿童绘画集》，准备由上海百家出版社出版。保印说，出版社和朋友们都希望我为孩子们的画集写点文字。

两封真挚的约稿信，让我的心情很沉重，也想了很多很多。德国哲学家博尔诺夫曾经说过，一个人在特定时刻的“遭遇”会使他人生的连续性中断。那位年轻的副部长叫冯翔，他在纪念孩子的博客中曾说：“对整个世界而言，你只是一粒尘埃，对我而言，你却是我的整个世界。”也许，他不应该放弃他作为一个丈夫和儿子的责任，但是，在他的眼里，他的生命与儿子的生命是同一种颜色。生命的颜色往往会影响生命的选择。

保印兄随信发来了孩子们的几百幅绘画作品。打开这些压缩的图片，我欣慰地看到，在“我的家园、我的学校、我的梦想”的主题下，孩子们用自己的画笔书写着他们生命的颜色。让我特别高兴的是，许多孩子明显已经从灾难的阴影中走出来了，他们希望成为舞蹈家、音乐家、科学家、建筑家，他们希望把自己的家园建设成为美丽的天堂。

但是，我也注意到，仍然有相当一部分孩子，他们依然停留在对灾难的痛苦记忆之中。在他们的作品中，看不到象征希望与生命的颜色，还有的是满眼的红色、红色、红色——这不是太阳的颜色，而是鲜血的颜色，是来自爸爸、妈妈、爷爷、奶奶，甚至是老师、同学的鲜血的颜色。其实，这也是他们自己的生命的颜色。

还清晰地记得，在去年“5·12”后的第十天，我们新教育团队就去了八一帐篷学校，除了童话、音乐盒和童书、绘本，我们带得最多的就是图画棒、蜡笔盒和绘图纸。我们知道，这是帮助孩子们疗伤的最好的工具，绘画本身就是最好的心理宣泄和投射。虽然孩子们的作品有不同的生命的颜色，但是通过老师的引导，通过同伴的影响，这些颜色是可以变化的。如果再配上那些诸如《爱心树》《獾的礼物》等美丽的童书、绘本，孩子们的心灵就更加阳光灿烂。

生命是有颜色的。生命的颜色在不同的“遭遇”下是可以变化的。我们没有办法控制生命中的各种“遭遇”，但是我们可以认识别人和我们自己的生命的颜色，我们可以帮助别人和自己书写生命的颜色，让它更加阳光、更加多彩。

（《姑苏晚报》2009 年 5 月 8 日）

# 艺恐不高，业恐不精

去年夏天，我有机会陪同李铁映同志在苏州工艺美术学院考察工艺美术教育。

工艺美术学院是苏州国际教育园最美丽的一道风景，有着全国美术类高校中最漂亮的校园。市领导提醒我，首长要求很高，你们不要自我陶醉。果然，李铁映并没有称赞校园有多么美丽，也许他见得太多了。他说，你们是工艺美术学校，为什么也是粉墙黛瓦？

墙上为什么不可以让学生把作品画上去？画得好，保留得长一些；画得不好，马上涂掉。大树、草坪当然好，但是你们学生的雕塑作品应该到处展示。学校要成为全苏州最美丽的地方！

在参观陶艺工作坊的时候，李铁映看到教师与学生有许多作品堆放在架子上，便问道：你们的作品如何处理？走市场吗？学生的劳动能得到尊重吗？他建议，应该“假戏真唱”，师生合作，让学生的作品能够真正走向市场，学生的作品在扣除学校的成本和教师的劳动价值以后，应该得到合理的回报。这样，才能鼓励学生进行有价值的创造活动。

在参观首饰加工作坊的时候，李铁映又提出了“公司＋家庭”的模式。他认为，学校应该成为带动周边工艺加工业发展的龙头，在苏州工艺美术学院的周边，应该有几万甚至更多的家庭作坊，学校搞创意，搞样品，家庭进行加工，按照销售进行分配。首饰、刺绣、服装、水印等都可以如此。

在参观工艺修复工作坊的时候，李铁映问了一句：

“你们招收残疾人吗？”他说，其实，残疾人是最适合从事工艺美术的。他们往往比常人更加用心、更加安心，能够一辈子从事这个职业。

在参观刺绣工作坊的时候，看到十七八岁的小绣娘，她们都是镇湖镇政府支持派来学习刺绣的。李铁映说，你们仅仅学刺绣是不够的，还应该学历史，学文化，学艺术。仅仅有技术，可以成为大师，但是成不了真正的艺术家。你们应该超过你们的母亲、奶奶一辈，应该成为有底蕴的艺术家！他说，今后应该有三十多岁的大师，每年在这些学生中间选一个留下来，继续学习，不断提升，十年就应该超过她们的前辈，成为大师。

在桃花坞木刻年画展示馆里，李铁映留下了“极学天公，艺法自然，最难超越”十二个字，特有的“李体”。

“艺恐不高，业恐不精”，是李铁映当天说得最多的一句话。

看完了工艺美术学院，我们又去镇湖看刺绣艺术家的工作坊，在看中国刺绣博物馆的建筑时，他仍然不断地重复着这句话。

在参观完几个艺术家的工作坊以后，他说，你们的工人应该是艺术家，在作品上应该也有他们的名字，他们应该参加作品销售的分配。

中午吃饭的时候，他还在丝绸上现场作画写字，与绣娘们讨论如何创造。他说，师承与学校制度是不同的体系，艺术家的培养不能离开师承。他希望绣娘们在工人中间选择有水平的员工作为徒弟，探索绣娘培养的途径。

虽然只陪同了李铁映同志一天的时间，但是他在考察过程中流露的许多教育思想，是值得我们重视的。

（《姑苏晚报》2009 年 1 月 22 日）

# 在天堂读书的日子

前年，《光明日报》在编辑《走进苏州大学》专刊的时候，我曾经写了一篇讲述苏州大学精神的小文《百年东吴仍青春》。转眼间，母校已是一百一十岁的生日了。

1978年年初，我背着一个自制的小木箱，从苏北的一个小镇，来到了苏州，来到了这所当时叫作江苏师范学院的学校。从此，我的生活，我的命运，就与这座城市，这所大学，紧紧地联系在一起。刚进学校的时候，我读的是政史系，一百多人的班级。不久，政史系又分为政治教育与历史教育两个系，但是，班上的同学已经感情深笃，不再分离。听同学们谈笑风生，说古论今，我内心深处经常有强烈的自卑感。于是，我开始拼命恶补：先是每天清晨在学校的操场长跑十圈左右，回到宿舍冲个冷水澡，然后神清气爽地去教室自习。后来我竟然参加了学校的长跑队，尽管成绩平平，但是，耐心与坚韧从此伴随着我的人生。

中学基本上没有学过外语的我，有一段时间疯狂地学习英语，把薄冰的英语语法书、张道真的教材翻了又翻，读了又读。嫌枯燥，于是找原版书翻译来学习。记得当时我翻译了一本《东方故事集》。

我的同桌刘晓东是一个高干子弟，他喜欢读书，经常逃课泡图书馆。他告诉我，读书比听课效率高，而且收获大。我不敢逃课，但经常读他借来的书。后来我自己去图书馆借书，几乎两三天换一批书，与图书馆的老师们混得很熟，经常多借几本回去。那是我一生最充实、最幸福的时光，我给在大学读书的儿子写过一封信，告诉他大学是读书的天堂，那是我自己的切身体会。我不敢说自己那个时候真正读懂了多少，但是，我的阅读习惯和兴趣从此养成。今天，我成为全国有一定影响的全民阅读的推动者，应该说，与当时的阅读经历是分不开的。

书读多了，就有写作的冲动。记得当时许多同学对作业怨声载道，我却并不介意。我把每次的作业作为挑战，力图写成有一定水准的文章。就这样，日子一天天过去，人生一点点充盈，慢慢地从一个懵懵懂懂的农村孩子，开始向往新的生活，思考未来的天空。这个时候，学校急需补充教育心理学教师，决定在大三学生中选拔五人送上海师范大学教育心理学研修班打造。一下子几百名同学报名，我有机会过关斩将，幸运地成为其中一员。1982年7月，当我学成归来的时候，江苏师范学院已经改名为苏州大学。1987年，我被破格评为副教授；1993年起，又开始担任苏州大学的教务处处长。我在担任教务处处长期间，推出了学分制、激励性主辅修、必读书目制等一系列教学改革措施，参与了学校的重组与发展等重大事件，也见证了学校的崛起与辉煌。

尽管我后来成为苏州市人民政府的副市长和民进中央副主席，但从1978年开始，我从来没有真正离开过苏州，离开过苏州大学。文科楼里，还有我的办公室，旁边就是我以前的教室。只要有时间，我就会在这里与学生见面、交流、讨论，甚至到我曾经学习过的教室小坐片刻，追忆似水年华。

上有天堂，下有苏杭。我的朋友何建明先生去年写了一本关于苏州的书《我的天堂》。如果说，苏州是我们苏州人的天堂，那么，苏州大学就是我们苏大校友的天堂。我经常想，我一生最充实的时光就是在天堂读书的日子。我生命中最宝贵的东西，是这个天堂给我的。我要用我的一生，来回报她。

（《姑苏晚报》2010年5月8日）

# 杏坛信笔

# 与叶老有缘

差不多每一个中国人都会与人民教育出版社有缘。

因为，我们每一个人几乎都是读着它出版的教科书长大的。

这是一个奇迹。也许，世界上很少有国家，能够有这样一个奇迹。

这个奇迹的创造者，与一个人有关，他就是人民教育出版社的创始人叶圣陶先生。

而我与人民教育出版社的缘分，不仅因为我是读着人民教育出版社的书长大的，也不仅因为我是读着叶圣陶先生的书成长起来的，还因为我自己也是人民教育出版社的一位普通作者。

我与叶圣陶先生是有缘分的。叶老是苏州人。推开我家的北窗，就是草桥小学。走不到一百米，就是苏州一中。这里都是叶老曾经工作与生活过的地方。那些旧房子已经不在了，但是，每一次对着窗户凝望，或者每一次经过一中的校园，看到矗立在校园中叶老的汉白玉塑像，我似乎会感觉到叶老还在那里教书。因此，每一次，心灵都要经历一次洗礼。

叶老是从苏州走出去的教育家。在苏州的时间，是叶圣陶先生教育活动的关键时期。他和吴宾诺、王伯祥等人一起，在古镇角直，对学校进行了深刻的变革。他们自己编印各种新教材，创办农场、书店、博览室，修建礼堂、戏台、音乐室，举行师生同乐会、恳亲会，指导学生排练戏剧，组织学生远足，创造了一个充满时代气息和生活情趣的学校环境。同时，叶圣陶先生时刻关注窗外的世界，积极参加各种社会活动。他和朋友们一起成立了角直镇教育会，研究社区的教育改革问题，他参加了北京大学学生组织的新潮社，他与郑振铎、茅盾等人组织发起了文学研究会。叶老那些脍炙人口的小说《稻草人》《多收了三五斗》等，也都是在这个时期完成的。

我是民进会员。我参加民进，在很大程度上也是基于对叶老的崇敬。叶老是中国民主促进会的创始人之一，他立会为公，为人厚道，与中国共产党肝胆相照，风雨同舟。现在，我也来到了他曾经工作过的地方，接过老一辈民进领导人手中的接力棒。每天上班时，看着大厅里叶老面容慈祥的塑像，总是感到肩上的担子沉甸甸的。叶老是人民教育出版社的首任社长与总编辑，所以，我与人民教育出版社的缘分，因为多了叶老这一层关系，而显得非常特别。

2004 年，我的三百五十余万字的十卷本《朱永新教育文集》正式问世。文集在全国教育新书销售排行榜上名列前茅，并荣获全国教育理论优秀畅销书奖、首届中国教育学会奖、中国大学版协优秀畅销书奖等各种奖项。

文集也受到了海外的关注。2008年9月，人民教育出版社与韩国语文学社签订协议，将《朱永新教育文集》的版权输出到韩国。经过近两年时间的紧张翻译、编校等工作，2010年年初，该文集的韩文版正式在韩国出版发行。2010年9月，文集再次签约输出到日本，即将由日本著名的东方书店出版。

这一切，我总忘不了，我家北窗外的那尊汉白玉塑像，还有百米外的那所中学。

（《姑苏晚报》2010年12月11日）

# 像叶圣陶那样做老师

2014 年是叶圣陶先生诞辰一百二十周年。苏州市教育局发起了“像叶圣陶那样做老师”的倡议，非常有意义。这个活动，不仅是对叶圣陶有纪念意义，而且对推进当下教育更具有现实意义。借他们这个话题，谈谈我的一些想法。

叶圣陶不仅是教师的楷模，而且对教师问题也有非常深刻的思考和论述。他从十八岁开始做教师，先是在苏州的言子庙小学，后来又去了角直的小学。在八年的从教生涯中，叶圣陶对教育的理解、对教师的认识不断深化。他明确指出，教师问题是教育问题的关键："没有教师，教育无从实施；没有教师，受教育者无从向人去受教育。"因为教师的重要，培养教师的师范教育就显得非常重要。所以，他殷切地希望师范生都去从教当老师，"为学校里的太阳，代替以前昏暗不明的爝火"。

那么，究竟怎样才能够成为一名好老师呢？换言之，一名优秀的教师，应该具备怎样的素养呢？叶圣陶在《如果我当教师》这篇文章中，用假想的方式，对理想中的小学教师、中学教师和大学教师进行了激情澎湃、酣畅淋漓的诗意表述。

他说，如果他当小学老师，一定不会把儿童当作讨厌的小家伙、烦心的小魔王，无论他们是聪明的还是愚蠢的，干净的还是肮脏的，他都要称他们为"小朋友"。他要从最细微处培养他们的好习惯。

他说，如果他当中学老师，他会努力使学生能做人，能做事，成为健全的公民。他不会把忠孝仁爱等抽象的德目往学生的头脑里死灌，不会教学生做有名无实的事。

他说，如果他当大学老师，他不会照本宣科，不会用“禁遏的办法”对待学生，而是尽可能把自己的心得与学生分享，尽可能做学生的朋友。

他说，无论自己当小学、中学或者大学老师，都会时时记住，自己面前的学生“都是准备参加建国事业的人”，建国事业有大有小，都是平等的，对所有的孩子也应该是平等的。

关于教师具体的素养，叶圣陶明确提出，教师的终极目标是“为万世开太平”，主张教师应该树立“学生第一”的观点，既不必装作无所不能的“万能博士”，也不必装作完全无过的“圣人”；既不能采取“不许主义”，也不能遵循“无为而治”四个大字。他认为，做教师是既为人也为己的事业，做教师的人，要有一点理想主义的情怀，有一些“傻子”的精神。他指出，教师工作要取得成效，关键是“以身作则”，为人师表，不仅要说得到做得到，而且要做得到才说。因此，教师"知识学问无止境，品德修养无止境"，要加强学习进修，在不断"付出"的岁月里，要同时源源不断地谋求"收入"。

叶圣陶还从正反两方面的个案，分析了他心目中的教师形象。在《记教师的话》一文中，他把平时与教师朋友接触交流时听到的典型的教师心态整理出来，如"担任教师是最贪懒最没出息的人干的事情""我去上课，为的是每个月可以向会计处领薪水""拿一些不着边际的话语，不很切用的经验，讲给并不要听可又不得不听的一般人听，究竟是怎么一回事啊"，以这些真实的教师言论警醒更多教师。而翻译《爱的教育》和创办《中学生》杂志的夏丏尊先生认为，当教师的秘诀就是两条——对学生诚恳，对教务认真。这抓住了对人对事两个根本问题。以《背影》等散文名垂史册的朱自清先生，也是实践了"教学相长"的古训，与学生"有亲切的友谊，又有坚强的责任感"；在他身上体现了"每事问"的古风，虚心好学，不断求知，不惮请教。叶圣陶列举这样两位教师，总结他们的经验，让更多教师向他们学习，以他们为师。

八年为师，终身从教。叶圣陶一生都没有离开教育。他的许多教育观点，如“教是为了达到不需要教”“教育就是为了培养习惯”“教育是农业不是工业”“学校教育应当使受教育者一辈子受用”等，至今仍然有着重要的现实意义，他关于教师问题的论述，也是为人师表的重要指导。重温叶圣陶的教诲，我们理当以行践言。

像叶圣陶那样做教师，就是对他最好的纪念。像叶圣陶那样做教师，就是一种从教育生活本身寻得生命意义、人生幸福的方式。像叶圣陶那样做教师，无论是教小学、中学，还是大学，教师都能成为一个大写的人，无愧一生。

（《姑苏晚报》2014 年 8 月 9 日）

# 小诗人与大诗豪

2003年12月4日，中国学术界一颗璀璨的巨星在苏州悄然陨落。当代著名国学大师，国务院古籍整理领导小组顾问，民革中央原监察委员，中国韵文学会名誉会长，苏州大学终身教授、文学院博士生导师钱仲联先生因病抢救无效，于12月4日中午12时18分不幸逝世，享年九十六岁。我是较早从钱先生的弟子处得到这个噩耗的，与许多熟悉先生的人一样，黯然神伤，悲恸万分。

一打听告别先生的时间："钱仲联先生的遗体告别仪式定于2003年12月10日上午9时30分在苏州殡仪馆举行。"正好与我去苏州工业园区娄葑第三小学的时间冲突。

这是一个两难的选择。因为访问学校的时间已经变动过一次，学生们已经为这次活动准备了好久，我实在不忍心再一次变动；但是，钱先生的告别仪式我也是准备一定要参加的，这不仅因为我是分管教育文化的副市长，而且因为我曾经在苏州大学做过五年的教务处处长，对先生的学问崇敬万分。请秘书长联系提前到先生的家中告别，回答说不太方便。考虑再三，决定10号送去花圈表达哀思，而自己还是去小学。

我想，做出这样的决定，先生如果地下有知，一定是欣慰的，虽然对我来说可能是无法挽回的遗憾。这个决定，是基于先生与学校的一个共同的东西——诗。

我们知道，先生原名萼孙，号梦苕，1908年9月出生于江苏常熟一个书香世家。祖父钱振伦是晚清著名骈文家，道光十八年（1838）进士。舅祖翁同龢为清末大学士，同治、光绪两朝帝师，曾因力荐康有为、梁启超推行变法而被誉为“中国维新第一导师”。父亲钱溉早年曾同从弟钱玄同及鲁迅一道留学日本。母亲沈氏则是著名诗人沈汝瑾的从妹。先生的一生是诗人的一生。1924年春天，十七岁的钱仲联以第一名的优异成绩考取无锡国学专修学校。1926年，钱仲联在《学衡》第五十一期发表了他的第一篇论文《近代诗评》，对晚清以来的诗学大势做了精辟的评述，从此开始了他与诗的不解之缘。1936年，上海商务印书馆出版了他笺注的《人境庐诗草笺注》。此后，他几乎将毕生精力都投入到了诗词笺注中。《海日楼诗注》《吴梅村诗补笺》《鲍参军集注》《剑南诗稿校注》等一大批蜚声学术界的力作相继问世。1981年，明清诗文研究室在江苏师范学院（苏州大学前身）成立，七十三岁的钱仲联亲自挂帅，开始主持编纂鸿篇巨制《清诗纪事》。1989年7月，全套二十二册、一千一百多万字的《清诗纪事》终于全部出齐，前后历时八年。这部皇皇巨著问世以后好评如潮，钱锺书盛赞该书“体例精审，搜罗鸿博，是使陈松山（田）却步，遑论计（有功）、厉（鹗）”。1990年9月，《清诗纪事》荣获第四届中国图书奖；1992年，又荣获首届全国古籍整理图书奖一等奖。钱仲联先生不仅是一位治学严谨的学者，也是一位才华横溢的诗人。1997年，香港的施学概先生为主编《回归诗词百首》，专程来苏州向钱仲联求序并征稿。尽管钱仲联当时身体不适，但香港回归这一中华民族的历史盛事让老人心潮澎湃，当晚提笔写下一首三十六韵的五言古风，追溯香港自乾隆以来两百年的历史，表达了中国人民扬眉吐气的自豪感。

先生不仅有诗才，为人也有诗性。我在苏州大学的时候，曾经听说过不少先生的趣事。如他的学生对先生的博学强记印象深刻，说他上课根本不用讲稿，“四书五经”都装在自己的大脑中，搜索的时间恐怕比电脑还要快，甚至在讲到民国时期的文献时，能够告诉学生查阅某一本杂志的第几期倒数第几页。

1998年，我和苏州大学的几位教授一起策划编辑

“新世纪教育文库”丛书，试图通过几年的努力，为中国的教师和学生推荐、编写一些好书。我们在太湖之滨的东山宾馆召开了一个讨论会，邀请了钱先生和于光远、张中行、陆文夫等著名学者参加。先生愉快地接受了邀请，并在会议上做了非常精彩的发言。先生还为文库题写了“嘉惠学林，泽被后世”八个大字。

我去苏州工业园区娄葑第三小学，也是为了“诗”。这所学校参加了我的新教育实验，精心打造“诗意的校园”。这一天，他们的小诗人个个精神抖擞，意气风发，在学校的操场上进行了别开生面的赛诗会。在9时30分的时候，我面对西南方向轻轻地说：先生，您听到了吗？这是孩子们献给您的诗！这是小诗人对大诗豪的哀思！这也是一个您曾经关心和帮助过的年轻学者用一种特殊的方式为先生送别！

（《姑苏晚报》2009年5月22日）

# 想念老校长

利用暑期休假的时间整理书刊资料，读到老校长陈克潜教授寄来的《爱国实业家陈范有与江南水泥厂》一书和他的亲笔信，想到老校长的许多往事，不由得百感交集，思绪万千。

老校长是著名的化学家。他被聘为全国高校化学教育指导委员会成员，领衔主编的全国高等学校统编教材《有机化学》（上下册）曾获国家教委优秀教材二等奖。他与陆忠娥一起提出了可用萃取色层作为筛选萃取剂的简便方法，获1993年国家教委科技进步奖。他主持研发新农药“苏脲1号”，在合成方法、药效、毒理等方面做了大量的工作，获国家科技进步奖和国家发明奖。1993年，老校长还曾荣获国家教委颁发的曾宪梓教育基金一等奖。

老校长也是优秀的教育家。1982年，江苏师范学院更名为苏州大学，由师范院校改为综合性大学，老校长在这一历史转折时刻受命担任校长职务。文、理、工、师、财、法六大块学科格局，正是在他主政苏州大学的六年间初步形成的：他大力拓展学科领域，根据各方需求，先后创办财经学院、法学院和工学院；他努力提高办学层次，一改关门办学的传统模式，使苏州大学具有培养博士生、硕士生、本科生、专科生及开办函授、成人教育的职能；他引进各种资源，如朱敬文奖学金、朱敬文图书馆等，他自己也捐赠了一大笔财产作为学校的办学经费；他重视学校基础建设，为不断涌入的学生开辟了东区新教学区；他重视师资队伍建设，使大批青年教师得到破格提拔，迅速成长为学校的骨干……总之，苏州大学顺利地由本科师范院校转变成多科性、综合性大学，老校长功莫大焉。

谁都不会想到，老校长竟然会写出这样一部纪实性的历史著作。老校长是书中主人公陈范有的长子。所以，老校长以一个特殊的角度，挖掘并记录了一段特殊的历史。通过老校长的文字，我们可以看到我国民族企业家如何在日军占领下的险恶环境中巧妙周旋、斗智斗勇的历史场面。这不是一部简单的个人传记作品，也不是一部简单的工厂历史作品，而是一部个人命运和家国情怀编织在一起的奋斗史，是一部中国民族工业的成长史，是一部企业的英勇抗日斗争史。老校长虽然不是作家，但是他的文字里饱含着孩子对父亲的敬重爱戴，简洁的言语中饱含着深情。老校长虽然不是历史学家，但是他以自然科学家的严谨、细致，对收集的大量资料一一考证，还原了历史的真实面貌。

这本书完成的时候，正值南京大屠杀七十五周年，老校长希望用它悼念遇难同胞的亡灵。这本书即将再版的今年正值伟大的抗日战争胜利七十周年，老校长希望用它提醒我们勿忘国耻，努力实现中华民族伟大复兴的中国梦。老校长的这番赤子之情，不仅如此这般倾注在亲人身上、倾注在著作之中，更无限地倾注在学子身上、倾注在教育生涯里。

1982 年 7 月，我从上海学成回校担任教学工作。1985 年，老校长为了推动学校的改革，组织了一个小规模的考察组赴全国各地学习改革的经验，我有幸作为考察组成员参与，为学校的发展建言献策。要知道，当时我还是一个刚刚参加工作不久的“小毛头”。

1986年,学校开始启动职称评审工作。当时正值“文革”以后积压了大批等待晋升人才的特殊时期。虽然我知道僧多粥少，名额非常有限，但由于当时我夫妇两人分居两地，如果评上讲师就有调动的资格，所以我还是申报了讲师职称。可想而知，结果自然是名落孙山。我年轻气盛，感到有些委屈。不知道天高地厚的我，两手空空闯到老校长家中倾诉。老校长沉默片刻后说："讲师名额太紧，但是副教授可以破格申报，你直接报副教授吧！"于是，我准备了材料申报副教授。因为讲师都没有通过，副教授当然也没有得到学科组的同意。校长决定直接请高评委研究。高评委的专家们就这样遇到了前所未有的难题。关键时刻，著名历史学家董蔡时教授说："我们还是应该看永新同志的学术水平够不够，如果看资历的话，老东吴大学门口的那对石狮子可以评正教授。"一句幽默而深刻的话，让我的副教授申请在学校顺利通过。1987 年，我成为江苏省最年轻的副教授。接着，老校长又让我挑起了教育科学部主任的重担，成为学校最年轻的正处级干部……人的一生，关键的转折点只有几步。老校长不拘一格惜才的魄力、赤诚正直的人格、辩知闳达的智慧，不仅对我自己的人生影响深远，也言传身教地教育着我。时至今日想到这些，我仍不禁热泪盈眶。

我知道大恩不言谢，也知道任何礼物都无以回报老校长对我的厚爱和提携，更从来没有忘却老校长的知遇之恩、提携之恩。我一直提醒自己，要用工作的业绩为老校长增光，证明老校长没有看错人。这些年来，我是这样想的，也是这样做的。

但正是这种心情加上繁忙的公务，让我这些年里事实上去看望老校长的次数很有限。此刻再细读老校长的来信，更生愧疚之情。他在信中说："久未相逢，甚为思念，想你一切均好，而我已是即将步入九十大关的老人了。"他在信中还提到了我们共同的朋友朱恩馀先生，他很羡慕朱先生年逾八十，"依然风尘仆仆，在香港、广州、苏州、德国各地奔走，精神实在了不起"，希望我回苏州时能够一聚。

老校长写这封信的时间是2013年10月24日，一晃快两年了。前不久苏州科技学院的江涌校长说，老校长希望我为他的书再版写个序言。我毫不犹豫地回答，老校长的要求一定尽快完成，并且一定尽快去拜见老校长。

明年就是老校长的九十大寿，我盼望到时能够当面敬他一杯酒，满满斟上我的思念、感谢和祝福。人生如酒，时间越长，情意越浓。老骥伏枥，志在千里，期待老校长继续书写记录人生的故事，相信老校长的九旬人生定能像美酒般芬芳四溢。

（《姑苏晚报》2015 年 8 月 22 日）

# 小舟在远航

她是新教育海洋中的一叶小舟。

她是苏州一所普通新教育学校的一位普通的小学女老师。

她是所在学校里的新教育名片，影响了周边的很多老师，影响了网络上的一大批老师。当然，这位普通的老师，在新教育的世界里远远比她在苏州的知名度要高。她就是顾舟群。

顾老师是苏州工业园区斜塘实验小学（原名娄葑第二中心小学）的老师，一位曾经是代课教师的普通老师。2006 年，她所在的学校成为新教育读写绘儿童课程的实验基地。短短一年之后，在山西运城的新教育年会上，她就作为新教育榜样教师上台发言。她的那番话，让包括我在内的许多人为之动容，流下眼泪。

在参加新教育实验的这一年里，顾老师在自己的教室里全力开展读写绘儿童课程。按照实验要求，她还以“小舟成群”的网名在“教育在线”论坛上发布主题帖。从实验开始，她白天给孩子讲绘本，晚上整理课堂实录、撰写教育随笔、上传读写绘作品，她一封接一封地给家长们写信沟通，迫不及待地分享孩子们的成长故事……

就在顾老师全身心地投入、享受着教育生活的美好时，命运却对她露出了狰狞的一面：她的先生因车祸不幸逝世。接连好多天，她的灵魂似乎随着先生去了另一个世界，无法进食、无法言语，全靠打点滴维持生命。

这时，朋友把顾老师遭遇的不幸发到了“教育在线”网站上，四面八方的祈祷与祝愿向她汇聚而来，尤其是班上孩子与家长的声声呼唤：顾老师振作起来，我们离不开你，孩子更离不开你！

是这些声音，重新点燃了顾老师的生命激情。她把全部的情感倾注到教室里、倾注到孩子身上。又过了一年，她带的那个入学时比平行班差十几分、全年级后二十名孩子大部分都集中在此的班级，变成了同年级里的佼佼者。

我一直追看顾老师的实验帖。记得在不幸发生时，我几乎是第一时间从网上得知了消息，并对她说："命运经常如此，只有坚强面对。同悲。"我相信在听到顾老师发言后为顾老师流泪的人们，和我有着同样的感触：我们不仅同情她的遭遇，更重要的是叹服于她如此坚强、执着，用教育点燃了自己的生命，最终驱散了命运的阴霾。

从开始新教育实验的2006年到现在，已经过去了六年。顾老师一直这样行动着、记录着、成长着。文如其人，她的文风并不华丽，但是朴素、真挚、实在，贴近生活，给人启发。有些教师自身很优秀，却不愿把自己的东西与人分享，顾老师却特别乐于奉献，以助人为乐。从她的实验主题帖上、从全国各地其他老师写的文章里，我不断看到不同老师同声感谢她给予的帮助。

顾老师的成长，恰好验证了我的一个观点：教师是否优秀，差异不在于其他，而在于做不做。相当多的教师都是不做的，只是得过且过地混日子，拿着一张教育的旧船票，每天重复昨天的故事。如果一个教师肯做，能用心去做，能坚定地做，就一定能成为优秀的教师。

2011 年年底，积累了丰富的师生共读经验的顾老师成为“新教育萤火虫”苏州分站的负责人。“新教育萤火虫”是一个公益项目，旨在推动亲子共读，使学生父母深度介入，成为教育的共同体。顾老师充分运用这个公益项目平台，从教室走向社会，组织各种社会公益活动，将这些年自己与孩子们的共读经验传授给学生父母们，受到热烈欢迎。

几乎与此同时，应出版社之邀，顾老师将这些年所写的家长信结集出版。这是来自一线的最真实的声音，是一位教师与一群家长心的交流。尽管这本书主要还是感性地记录实践，从理论涉猎、学术视野的角度上看，可能还不够丰满，但它恰恰也是顾老师这本书的优点。这些文字与身为父母的读者之间几乎没有任何距离，完全是结合具体事例、手把手地帮助学生父母学会在当下如何做好家庭教育。

人生如海。在风浪里，一叶小舟能走多远？顾舟群老师用自己的行动给了我们答案：只要认准方向，再大的风浪也无法阻止小舟的远航。为此，我有理由期待，随着她的继续前行，我们将领略到更多新的、美的风景。

（《姑苏晚报》2012 年 4 月 28 日）

# 还能再现当年的辉煌吗?

还记得几年前去苏州市一中参加她的百年校庆庆祝大会的情景。

一百岁的一中，在一千岁的古藤下，还是显得那么年轻，何况她经过无数次梳妆打扮，尤其是最近几年的精心呵护，更加风情万种，但在二十多岁的一中校友韩雪面前，她还是略显逊色。

走进一中的接待室，人山人海，焦点却是韩雪。这个被誉为影、视、歌三项全能的“玉女明星”，刚刚演唱完宣传2008年北京奥运会的动画片《福娃》的主题歌，这次作为一中校庆的形象代表，受到大家的关注，也是自然的。

在这里，我看到了我以前为之写序言的《叶圣陶书影》，不由得有几分惊喜。现在的出版业发展真快，以前至少几个月的出版周期，现在几天就可以搞定。据说，甚至现在有了立即出版的机器。王胜君拿来的《朱永新博客》，就是这样的出版物。

在一中的校园里，除了千年紫藤，最让我陷入沉思的是那尊汉白玉的叶圣陶塑像。叶圣陶先生曾经在一中的前身草桥中学做过老师。叶老作为一个教育家的形象，远比作为一个出版家、语言文字学家的形象更加让我关注。我们现在可能已经很难培养出这样的大师了。仅仅在这个校园里，就出现过多少让我们灵魂震撼的人物啊！除了二十多位院士，还有胡绳、顾廷龙、王伯祥、陆文夫等一批人文领域的大师。那么如今，是我们的社会发展得太快，知识增长得太快，还是我们的教育发展得“太快”了?

一百年，除了教育的普及，除了有更多的孩子接受教育，我们的教育，尤其是真正意义上的精英教育，是进步了，还是停滞了，甚至是退步了？为什么现在没有当时的春晖了，没有当时的苏州中学了，也没有了现在的一中、过去的草桥了？！我们能够再现当年的辉煌吗？我知道，这不完全是我们校长的问题。那个时代的大师们，曾经聚集在这个美丽的紫藤园里，才是问题的关键。所以，教师的问题，是教育的出发点。

12点，演出还没有结束。韩雪用她自己为母校创作的《紫藤花》把庆祝大会推向高潮，最后的评弹节目是一中学生表演的。我悄悄地走出会场，去上海虹桥机场，北上。

（《姑苏晚报》2010年9月11日）

# 诗人校长与诗意学校

日前，收到柳袁照校长寄赠的两本新诗集：一本是作家出版社出版的《柳袁照诗选》，一本是山东画报出版社出版的《星星降临》，很是喜欢。柳袁照与徐天中一样，都是从教育行政部门到学校去主持工作的。在苏州期间，我多次去过十中，去过振华，经常暗自为柳袁照校长的文化情怀和诗人气质所感动。

一直想为柳校长、为十中写点文字，但一直拿捏不准。因为我看到，他似乎一直在寻找什么。他爱石头，爱摄影，爱写诗，爱收藏，我一直担心他会不会“玩物丧志”。他提出过许多“校园”：文化校园，最中国的校园，园林校园，诗性校园……我一直想为他的校园找一个最根本的象征，但是似乎还在生成之中。他自己也谈论过这样的矛盾心态：“我是个边缘人，在学校改造过程中，我穿行在校园和园林之间；在办学理念上，我穿行在现实、传统和未来之间；作为语文老师，我穿行在教师、作家和诗人之间；在功利主义的背景下，我又是穿行在功利和超然之间。”

现在，似乎可以用“诗性教育”来表达他的特色、他的探索了。这不仅因为他出版了两本诗集，不仅因为他说“学校应该是诗意的教育天堂”，更因为他的学校本身就是一首诗。美丽的十中校园，庭院深深，曲径通幽，奇石美景，诗意盎然；“质朴大气，真水无香，倾听天籁”的办学理念，也是优雅深远，微言大义。据说，在 2009 年高考之前的第九十九天，他举办了全校诗歌朗诵会，请苏州的知名作家、诗人参加。柳校长说：“我们不是要学生都成为诗人，而是要让他们有诗意的生活，拥有浪漫的情怀，不要把所有的事都看得那么功利。”

我不懂诗，但我还是喜欢读诗，也偶尔写点打油诗。我曾经说，教育就是一首诗，这首诗属于青春，属于激情，属于理想。校长和教师需要有诗人的情怀，永远有美好的憧憬，有创造的激情。我很同意范小青给柳袁照校长的评价：“给了这个校园一个气场，一个大大的浓浓的气场，一个经久不散的气场。这个气场，就是文化的氛围，就是素质教育的环境。”

诗歌创作是最讲究个性的，特立独行几乎就是诗歌的生命。没有创新也就无所谓诗歌。学校也是最讲究个性的，特立独行也是学校的生命。没有创新也永远没有教育。我想，苏州有这样的诗人校长，有这样的诗性校园，必定是教师满面春风，学生两眼有神的。

其实，在我的眼里，苏州就是一座诗性的城市。在我认识的校长中，除了柳袁照写诗，我记得斜塘实验小学的校长范里也曾在课堂上教孩子们写诗，并且培养出了几个很有灵气的小诗人。平江实验学校校长吕荣也是个诗歌爱好者，去年国庆《姑苏晚报》推出天安门前留影专版，吕荣在天安门前留影并题打油诗：“一生躬耕在教坛，半是艰辛半为甘。首都广场会心笑，如受检阅干劲添。”我看了也不觉会心而笑，这种打油诗其实就是典型的“诗言志”，玩笑中流露真情，让人受到感染。校长写诗，对于不拘一格育人才，有百益而无一害。而在那些开展新教育实验的学校里，每天早晨用一首诗，开启新的一天，让学生与黎明共舞，更是苏州教育的一道亮丽风景。我真诚地希望柳校长和苏州的校长朋友们，能够在教育的田野里歌唱，为中国教育书写出更加精彩的诗篇。

（《姑苏晚报》2010 年 8 月 7 日）

# 学到老的幸福

今年“五一”回苏州的时候，董宙宙就告诉我，他担任了苏州市老年大学的校长，学校正在重新装修、改造扩容之中，希望9月份开学以前我到学校看看。

前些年在苏州工作时，我曾多次来老年大学参加各种活动。古朴典雅的万寿宫，曲径通幽的庭院，郁郁葱葱的花草树木，早就在我的脑海之中留下了深刻而美好的印象。已是百尺竿头，如何再进一步？我还真有些好奇。

转眼就到了中秋。在回苏州的路上，给董宙宙打电话，告诉他，我准备看看老年大学。快到市区的时候，董校长来电话，学校的大门不在民治路了，要从公园路进学校。

如今的老年大学校牌是我的前任、苏州民进的老主委谢孝思题写的，苍劲挺拔。学校新增的部分是原来苏州市轻工局的大院，经过改造以后，粉墙黛瓦的建筑很有苏州风情。

记得我在苏州时，就曾多次想为拥挤不堪的老年大学增加这一块校园。当时，许多教室里七八十位老人在上课，最多的一个“诗词赏析班”挤了近二百人，许多老人读了十几年一直不肯毕业；但是，此事一直悬而未决。的确，把这块位于苏州古城中心的黄金宝地划拨给老年大学，不是一件简单的小事。

现在，终于如愿以偿，政府最终把这块无价宝地给了老年大学。董宙宙校长告诉我，这块地划拨给老年大学以后，政府又投入一千四百三十余万元装修，改造了八栋老楼，建设了舞蹈、钢琴、古筝、烹饪等专业教室，今年招生一下子就扩容了两千余人。

在参观新校园的时候，遇到了苏州市教育局的许多老同志，他们匆匆忙忙在行政楼与教学楼之间穿梭行走。董宙宙告诉我，学校从校长、主任到工作人员只有二十余人，从安排课务到后勤管理，所有事情都是这二十来个人干的，每人每月津贴很低，一般人根本不愿意来，只好请这些过去的老部下来帮忙；但是，学校现在已经开设有书画艺术、医疗保健、文学历史、音乐舞蹈、工（园）艺体育、计算机、外语七个系，二十二个专业，六十八门课程。

在钢琴教室，遇见了市计生委原副主任徐玲同志。她现在在钢琴演奏班学习，从初级班、中级班到高级班、演奏班，她已经在老年大学学习了五六年的时间。她告诉我，现在学校的办学条件越来越好，大家也越学越来劲了。

在董宙宙校长的办公室，我看到了一份重阳节的活动安排，从书画展览到合唱演出，精彩纷呈。他告诉我，以学校的学员为基础，老年大学成立了儒学研究会、草书社、诗友会、摄影学会、写作研究会、篆隶研究小组、毛泽东书法研究会、合唱团、学校艺术团等社团组织，在课外时间开展自主、互动的交流，形式多样，丰富多彩。学校也自觉把“尊重生命，珍爱生活，激发活力，提升老年人生命与生活质量”作为办学的宗旨，希望为苏州的文化传承和文明建设做点实实在在的事情。

看着我这位年长的老部下如数家珍的叙述，开心畅怀的笑颜，我开玩笑地对他说，老董啊，我觉得你不仅在办教育，更是在做慈善呢。他憨厚地一笑：我们都会老的。

是啊，从某种意义上来说，在灾难频仍的世间，能够老迈也是种幸运。能够活到老又学到老，更是一种幸福。生命的光芒在于精神，愿更多人用这精神之光，照亮人生的每一段路途。

（《姑苏晚报》2013 年 10 月 12 日）

# 一个诚信的美丽故事

南浦春来绿一川，石桥朱塔两依然。
年年送客横塘路，细雨垂杨系画船。

这是南宋著名田园诗人范成大写横塘的名作。画面美，音韵美，人们往往只要一说“横塘”二字，这首诗的画面音韵就会不期而至地在眼前耳际萦绕；但我今天提起这首诗，倒不是要欣赏它的艺术意境，而是想说说这个古镇中的一所小学——横塘中心小学，他们开展的诚信教育，也能给人带来同样的愉悦心情。

2007年的夏天，我到过该校，进了学校的教室，与老师和孩子们交谈过。那时，这所学校的“十一五”省级课题“在城乡交合的商贸地区，小学生进行诚信教育的研究”刚立项，我就感觉这是一个非常好的选题。因为如今的横塘镇是苏州最大的装饰市场，数以千计的各种装饰材料店集中在这个城乡接合部，天南地北的商人汇集一起，各家规模不是很大，造就了众多的小老板和打工族家庭，同样带来众多各色背景的学童。统计得知，该校生源百分之七十左右都是外地借读生，这些借读生在日常生活中，目睹其父母经商过程，他们的经商理念因而也很超前，如何有针对性地加强学生中的道德教育，就显得比别的学校重要得多，也有效得多。

凡到过这所学校的人无不惊讶，校门口狭窄的百米路上就有几十家交易市场，不论是进校还是出校，都回避不了摩肩接踵的人们讨价还价的面容和声音。也就是说，孩子们每天上学的头尾，都在自发地接受交易的熏陶。王静娟校长说，不把好孩子们诚信的关，不但学习难上去，将来出了校门，也很难做个上品位的公民。于是，学校用调查法、行动研究法、经验总结法和个案跟踪法开展多姿多彩的活动，取得了明显的成效。

在我去这所学校之后不久，诞生过一个小故事，生动地诠释了诚信教育的意义。有一个学生的母亲叫郑冬英，她在学校附近经营一个彩票站。一天，一个彩民电话委托她花二十元买十注彩票，买彩票的钱都是她垫付的。结果那个彩民都忘记了买彩票这件事，更不记得当时选的号码，她却及时将中彩的消息通知对方。对方起先还不相信，以为她是开玩笑，因为这个奖金数字比较特殊，是多少呢？整整一百万元！如果她不通知对方，她完全可以将这笔巨款据为己有；但她没有，她记得与人有电话中的口头委托，有口头承诺，就应该一诺千金。信誉和人品比金钱更宝贵。

这个故事通过媒体和网络，让千千万万的人都知道并感动着，成为“诚信苏州”的一朵美丽浪花。尤其让我感动的是，王静娟校长告诉我，郑冬英的家庭其实是个经济困难户，她在横塘甚至都没有自己的房子，而是租住人家的房子。我连连点头，理解了古话所说的“人穷志不短”。我对王校长说，没有房子是暂时的。没有房子，但她有孩子啊，孩子远比房子重要。其实，人只要有了信，就有了心灵的房子，有了心灵的家园。相信她与学校共同教育出来的孩子，将来会给她买漂漂亮亮的房子！

未来新一代商贾的成长，是需要正确商业理念支持的，诚信守诺，他们才能走得更远。

（《姑苏晚报》2010 年 2 月 6 日）

# “有学上”与“上好学”

张家港是一个创造奇迹的地方。“团结拼搏、负重奋进、自加压力、敢于争先”的张家港精神曾经响彻大江南北，并成为苏州的“三大法宝”之一。

张家港也是中国教育发展的典型。在苏州担任分管教育的副市长期间，我曾经多次到张家港调研考察教育文化等社会事业，差不多走遍了每一个乡镇。在这里，我几乎看不到城乡的边界，看不到学校的差距。

最近几年以来，张家港教育主管部门以“率先实现教育现代化，办好人民满意的教育”为目标，把推进教育的高位均衡发展和实施素质教育作为第一要务，始终保持一种敢于争先的锐气、自加压力的勇气和负重奋进的志气，教育工作出现了非常可喜的景象。

张家港教育坚持拉长最短的板，从农村村小的现代化建设到民工子弟学校的标准化建设，从二百六十九名骨干教师进农村到学生乘车公交化，学校之间的差距越来越小。可以说，张家港已经成为全国教育均衡发展的一面旗帜，而且是高位均衡的代表。

我曾经先后考察过张家港的凤凰中学、阳光学校、永联学校、乐余中心小学、西港小学、旭东学校等十一所各种类型的学校。最让我感动的不是投资两亿多的梁丰高级中学，而是那些建筑漂亮、队伍精良的农村村小和民工子弟学校。这些学校，不仅在建设过程中政府给予大力支持和财政补助，而且每所学校百分之二十的教师都是由政府选送派遣的。每一所学校均建成了艺术教室、科学教室、图书室、综合活动教室、团队活动室和多功能教室，拥有计算机房、办公用房和厨房，具有田径场、篮球场和水冲式厕所。

在素质教育的推进方面，主管部门提出了严格控制学生的在校时间、作业总量、竞赛活动、教辅书征订，严格执行课程计划和规范办学与考试行为的“六个严格”，以及“读名著、听名曲、唱名歌、背名诗、看名片”的“五名工程”等。我在张家港高级中学感受了学生们的课间跑步活动。学生的精神气质，让我非常感动。

总的来说，张家港的教育已经成为全国实践温家宝总理政府工作报告中提出的既能“有学上”又能“上好学”的典型，是全国学校与学校之间差距最小又实现高位均衡的典型，是对于弱势人群的教育最为关注的地区，是义务教育发展最为均衡的地区。

张家港的经验并不神秘，主要有这样几条：一是坚持城乡一体，实施城乡教育同步规划。二是强化政策引导，推动城乡办学条件同步改善。三是狠抓内涵质量，促进城乡学校管理水平同步提升。四是优化农村师资，实现城乡教师素质同步增强。五是健全保障机制，确保城乡教育经费同步增长。

张家港的故事告诉我们，只要政府心里真正想着老百姓，只要我们真正地把教育公平作为社会公平的最重要的基础，我们完全可以做得更好，完全可以办人民群众满意的教育。

（《姑苏晚报》2010 年 12 月 4 日）

# 小学校长的大教育视野

我认识一些很有创新精神的校长，熟悉很多擅长管理的校长，也见过不少有活动能力的校长；但是能够身兼这三者，而且在每一方面都有出色表现的校长，还并不多见，苏州市实验小学的校长徐天中先生就是其中之一。

见过天中校长的人，都会感到扑面而来的一种“大气”。早在1999年的《人民教育》上，徐校长就提出“小学校研究大教育”的理念。正如陶行知在《第一流的教育家》中写道：“第一流的教育家是敢于探究未发明的新理，敢于进入未开化的边境，富于创造精神和开辟精神的人。”徐校长的“小学校研究大教育”历程，正是他开拓创新精神的真实写照。治校十八年来，他以“小学校研究大教育、小学校演绎大教育”的思想为指导，从学校实际出发，进行整体改革，办成了许多在全国范围领先一步的大事情：率先进行课程改革实验，率先建立学生素质教育基地，率先建立小学教育集团，率先构建“科学、规范、精细化”现代学校管理体系，率先在国外联合办学。学校虽小，视野不小，志向不小，手笔不小，这是许多教育专家对天中校长发自肺腑的评价。

天中校长善于管理是出了名的，他来自教育管理部门，骨子里有“管理”的细胞，所以对于科学管理有着天然的兴趣。2003 年年底，苏州市实验小学通过引入质量管理体系，建立了比较“刚性”的制度化管理模式。随着管理实践的不断深入，他开始意识到，最好的管理应该是“刚柔并举”甚至“无为而治”，他的管理思想也逐渐进入到一种制度与人文相融合的境界。他曾经说：“我的目标是做一个‘道’和‘技’结合得很好的校长，竭尽全力为每一个学生成器、成大器打下坚实的基础。”我理解，这里所说的“道”，指的是一个校长的眼界和胸怀，思维的广度和深度；这里所说的“技”，则是指一个校长处理事务所把握的技巧和尺度。现在，作为一个总校长，天中管理着多所学校，已经游刃有余。

天中的社会活动能力也是出了名的，说他是一个教育活动家，一点也不过分。

我曾经去过他在太湖边上的青少年教育活动基地，风景之秀美，设计之大气，活动之丰富，虽然无法与上海的“东方绿舟”相提并论，但后者是上海市政府投资数亿元打造出来的，而天中的太湖基地，却是他“无中生有”干出来的。城市拆迁时废弃的许多树木、石头都成为他这里的宝贝。可见，天中非常善于沟通学校与社会各界之间的关系，把学校当作社会的一个组成部分，也取得了社会各界对学校的广泛关注和支持。在他眼里，学校、家庭、社会中存在着许多学校急需的宝贵教育资源，要懂得积极地去发掘、整合、用好这些资源，为学生发展、学校发展服务。

十八年的耕耘，十八年的坚守，十八年的经验，这是苏州教育的财富。相信天中的人生经历和十八年的办学经验，以及他“小学校研究大教育”的办学思想，能够给大家有益的启示。希望天中校长的办学理念，能够走出苏州，成为全国教育的财富。

（《姑苏晚报》2010 年 6 月 5 日）

# 圣陶自有后来人

“五一”期间，苏州“小荷1028研究院”的冯斌院长来访，送来一套他主编的小荷作文教材《小荷教本》。他分别在四本书上题词，组成了一首小诗：五月书香春水满，滴石斋里旧话长。曾经青丝梦境远，今日成翁笑夕阳。

冯斌是我的老朋友。他也是中国民主促进会的会员，认识他是在民进的一次活动上。

那时他在苏州铁道师范学院附中当语文老师，也是一个小有名气的作家，写过一些青春文学方面的作品。他告诉我，之所以参加民进，是因为崇拜叶圣陶先生。他还告诉我，他的教学和课堂，就是以叶圣陶先生为榜样的。他带学生们演短剧，组织夏令营、远足，举行各种有趣好玩的比赛。他当年教的那些孩子，现在都已经为人父母了，聚在一起，已经忘记老师课堂里讲了什么，但冯老师带他们搞的那些活动，他们仍然记忆犹新。冯斌说，做教育，就是要让孩子到八十岁还会怀想。

冯斌对叶圣陶的崇敬是真诚的。他追随叶圣陶的足迹跑到了角直，在叶圣陶曾经教书的地方买了房子，建了叶圣陶博物馆，收集了叶圣陶的所有著作。他说，老了以后就在这里读书写作。他把自己的作文研究院命名为“小荷 1028 研究院”，也是为了纪念叶圣陶，叶圣陶的诞辰就是 10 月 28 日。

2003 年，冯斌“下海”了。他告诉我，在体制内挣扎了许久，感觉太压抑，想为孩子们创造一个自由的空间。所以，在他的作文学校里，学生们有十大自由：自由吃食物，自由喝水，自由上厕所，自由写作，上课做其他作业，让老师重新打分等。而他也要给学生们"海一样多的表扬、山一样高的赞美和风一样响的掌声"。

翻阅冯斌送我的《小荷教本》，不出所料，其中关于写作的主张果然很有叶圣陶的印记。叶圣陶先生曾经说过："作文就是用笔而不用口来发表意见，抒发情感。根本在于学生有没有意见要发表，有没有情感要抒发。如果没有，那是整个学校教育的失败，不仅是语文教学的失败。学生都成为木头，岂不是整个学校的失败。"冯斌主张让学生们在玩中学作文，在说话中学作文，他倡导"自由写作、娱乐写作、创想写作和审美写作"，因为作文是"人"的，先有人本，方有文本。他提出"作文即字，作文即语感，作文即故事"，认为作文教育的最高境界就是传授情境和意境的才能，就是讲故事的才能。

冯斌把作文弄得很好玩，所以孩子们很喜欢。不知不觉，他的小荷作文竟然成为国内第一作文品牌，在全国复制了八百多个小荷作文教学机构。

作为朋友，看到他在作文教学方面的成就，我很是为他高兴，但我一直认为，阅读是写作的基础，正如生活是写作的源泉。所以我建议小荷作文应该高度关注阅读问题。因为没有阅读的写作终究是走不远的。叶圣陶先生也早就说过："有些人把阅读和写作看作不甚相干的两回事，而且特别着重写作，总是说学生的写作能力不行，好像语文程度就只看写作程度似的。阅读的基本训练不行，写作能力是不会提高的。"

冯斌告诉我，他一直记得我说的一句话：一个人的精神发育史就是他的阅读史。他自己也早就认识到，写作是永远离不开阅读的。所以小荷作文的正式"学名"叫作"小荷读写教育中心"。只是在应试教育的环境下，人们对于提高作文成绩可能更为关心。在"荷写作"风生水起之后，"荷阅读"也要提上议事日程。这一点，他也是遵循着叶圣陶先生的教诲而做的。经过了两年多的筹备，他的"荷阅读"也要闪亮登场了。不久以后，中国小荷第三届校长共进大会暨小王子书院阅读课推

峰”是我们新教育的第一所挂牌实验学校。四年过去了，因为她著的《草尖上的露珠》这部书稿，我再一次注意到她。与其说这是一篇又一篇的文字，不如说这是生命连着生命的爱恋。这本书，某种程度上和《傅雷家书》差不多，所不同的是，它没有父爱的严厉，只有母爱的仁慈，虽然她只是孩子们的班主任。

作为班主任，于老师每个学期都要给每个学生写封信，没有高高在上的训诫，全是日常生活的絮语。穿衣，读书，爸爸，妈妈，点点滴滴，没有傅雷那样的苦心孤诣，没有职业作家那样斧凿的痕迹，纯净水一样，没有可乐的喧哗，没有酒的狂躁，淡淡的，是生命自然的流淌。

这是新教育的“家书”。新教育主张教师与学生、父母共同编织有意义的人生。学期开始或者过了一半，我们鼓励老师给孩子和他们的父母写信；在学期结束时，老师们要丢弃过去常见的“学期评价”，代之以“生命叙事”，不是文件模板式的八股，而是因材施教的心语。我们相信，在这样的家书中，你能看到教育生活的润泽、师生关系的谐美。

于洁老师是新教育主张的探路者、实践者。她是一位理解并践行“师生共写随笔”的老师。你看她的文字，不是写的，而是用生命记录的。品味这些朴素的文字，你能发现，她不是为写作而写作。

我喜欢这样的“家书”，倒不是觉得文字有多美，布局有多巧，立意有多高，而是因为这样的“家书”有爱，有理想，有坚持。十年前，我们在“玉峰”点燃新教育的星星之火，呼唤有理想的老师和我们一起，参与新教育的六大行动。我不敢想象，真的有一批像于洁这样的老师，将“师生共写随笔”坚持至今，不曾停歇。

我们强调师生共写随笔，为的是改进教育生活，修正教育品质，追求教育生活的幸福。于洁老师做到了。通过她的记录，我们非但看到学生生命拔节成长的声音，也能看到她在教育生活中发出的幸福的微笑。在《一场对心灵的考试》中，她说：“教学相长，这应该是教育的最高境界，学生向老师学习，老师向学生学习，在教与学的过程中，互相促进，共同进步。我想说，同学们，我和你们，真的是教学相长呢。所以，除了被你们感动，还有一种心情我要告诉你们：和你们在一起，我很幸福。”我曾说，有资格评价老师好坏的人，不仅是学生和家长，还有老师自己。作为一个老师，静下心来，你问自己：和学生在一起，我幸福吗？如果你毫不犹豫地由衷回答“我幸福”，那么，你一定是个好老师，一定是个幸福的好老师。

读读于洁的书吧，你看她在教育的大地上栖居得多么富有诗意，那个你看不到但能感受到的幸福模样，精彩又精致。这就是我们期待的幸福的完整的教育生活。和学生一起成长，一起享受成长的幸福。于洁老师用生命书写的教育生活，是我们新教育关注学生，呵护学生，促进学生精神成长殊为草根的范例。

（《姑苏晚报》2011 年 11 月 5 日）

# 理想课堂的三重境界

如果没有记错的话，陈国安博士的第一本书《语文教学心理学简编》是我写的序言。那是 1999 年，他还是个二十岁出头的小伙子。

虽然那是一本薄薄的小书，但他对学问浓浓的兴趣和驾驭文字的功夫，给我留下了深刻的印象。其实，早在 1994 年，他还是大三学生的时候，我们就已经相识了。那时，我是苏州大学的教务处处长，管理着全校的教学事务，他送来一篇关于蒙学研究的长长的论文请我审看。这篇文章对中国古代蒙学的源流、特点等进行了深入细致的研究，让我对他刮目相看。

1995年，他毕业留校。后来，他在职攻读学位，从硕士、博士一直读到博士后，学术功力也修炼日进。他的博士生导师是一代宗师钱仲联先生，他的博士论文，是用文言文写成的。

陈国安不仅学问好，为人也好，厚道，热情，豪爽，无私。朋友有难，他一定是最早相助的人。朋友的朋友到苏州，他不仅当导游，还管吃管住。朋友的孩子考学校，无论是读高中还是升大学，语文辅导的活，总是他干，而且总能够提高不少分数。大家都亲切地叫他安子。

虽然是大学教师，但是安子对中小学教育一直抱有浓厚的兴趣。于是，我们也因为这共同的兴趣成为了好朋友。

安子一直是新教育实验的积极参与者。我主持的“新世纪教育文库”，为学生和教师推荐书目，他是大学生书目的主要研制者；我主持的“相约星期二”教育沙龙，他也经常参与其中；我创建的“教育在线”网站，他在上面开设了专栏，并且把自己学生的作业在网上亮相；新教育研发卓越课程，他主持了中国文化学科群课程的研发。

在教学、研究之余，安子仍然钟情于课堂，尤其钟情于小学课堂。这些年来，他一直没有离开课堂，大学老师为小学生上课，成为他的拿手绝活，而那些听他课的小学生，也丝毫没有恐惧感。开心放松，是孩子们对安子的最大褒奖。

在这样真刀实枪的操练中，几年下来，安子积累了不少课例。出版社动员他整理出来，他答应了好几年，这次总算完成了这本《大学老师的小学课堂》。他颇具成就感，第一时间与我分享，同时也希望我能够再写点文字。

我写这篇序，不仅因为如安子从不推辞我的请托一样，他的事情我义不容辞，更重要的是，这是一本值得把玩、品味和分享的好书。

一线老师的课堂实录我们看过很多。一个大学老师上小学的课，还十分罕见，是否会阳春白雪而曲高和寡？我一口气通读了十篇课堂实录。

新教育实验把理想课堂分为三重境界：一是落实有效教学的框架，二是挖掘知识这一伟大事物的内在魅力，三是知识与社会生活、师生生命的深刻共鸣。从这个标准来看，安子的课堂，具有知识的深度、生活的温度和生命的高度，无疑达到了较高的境界。

安子课堂最大的特点，是他对于文本的深刻理解。在《草原》《珍珠鸟》的教学中，我们看到，他让小学生用心体会课文与原文的不同之处，品味文字的细微之处，培养孩子们对于语言的敏锐、丰富的感受。挖掘文本自身的魅力，拓展文本周边的知识含量，激发学生研读文本的兴趣，既展现了安子作为一位大学教师的学术风采，又为我们一线的小学老师提供了一个新的范例、新的高度、新的可能。

我不是教学论专家，对课堂也不是十分熟悉，只是感佩安子的教育情怀，感佩安子的朋友情谊，写下这些文字，算是以真实的个人感受为他摇旗呐喊吧。当然，也是希望有更多的大学老师、社会精英，能够走进我们的中小学课堂，让我们的孩子有更多的机会聆听窗外声音，与大师对话，人们也会发现基础教育更大的威力与魅力。

（《姑苏晚报》2013 年 8 月 24 日）

# “三问”与“三耕”

孙惠芳经常是我的“反面典型”。

在苏州，有两个惠芳：一个是张家港教育局教研室的陈惠芳，一个是吴江平望中心学校的孙惠芳。两位老师都非常勤奋好学，都热爱写作。

孙惠芳的起步比陈惠芳早得多。2002 年，我在“教育在线”的网站上发现了她。当时她是吴江梅堰小学的一位语文老师，已经在《教育参考》等报刊发表了几十篇文章。“教育在线”网站创办之初，我曾经邀请她参加网友聚会，畅谈新教育的理想。回去以后，孙惠芳与她的孩子们就开始了共读共写的探索。

当我把孙惠芳的故事告诉陈惠芳的时候，陈惠芳还不会上网，也没有发表过作品；但是，陈惠芳善于主动交往的个性，让她很快在“教育在线”脱颖而出，不长的时间，就出版了《触摸教育的风景》一书。

我用陈惠芳来激励孙惠芳。我告诉她，无论是才气，还是基础，孙惠芳都不在陈惠芳之下，为什么陈惠芳成长得更快？其实，我用的是“激将法”，希望孙惠芳更加大胆，更加主动与外界交流。

几年过去了，孙惠芳成为了孙校长，成为了苏州市名教师、苏州市教育科研学术带头人、苏州市优秀班主任。她拿着这张成绩单和即将出版的著作《教育十日谈》向我报告，希望我为她的新书写一个序言。我自然推却不得。

利用业余时间细读全书，我还是蛮受感动的。这本书以一位一线教师的视角，从八个方面阐述对当今教育的理解与感悟。如在《教育十论》，她大胆聚焦教育热点，碰撞教育观点，直面教育难点，议论当今教育中的优与劣。在《教育十寓》中，她敏锐地感受教育现象，论析教育哲理，阐述教育见解，寄寓教育理想。在《教育十读》中，她走进教育书籍，触摸教育理论，浸润教育思想，阅读教育这本千变万化的书本。在《教育十解》和《教育十听》中，她善于进入课堂现场，感悟课堂真谛，解析课堂情境，聆听课堂中的精彩与遗憾。

精彩的文稿后面是精彩的实践。孙惠芳告诉我，她的“法宝”是“三问”与“三耕”。“三问”是每天睡觉前问自己：“今天我想了吗？”“今天我读了吗？”“今天我写了吗？”“三耕”是每天坚持“舌耕”（上课）、“目耕”（看书）和“笔耕”（写作）。通过“三问”“三耕”，让教学反思擦亮自己的双眼，让教育名著炽热教育情感，让教育日记编织教育梦想。因此，她的博客取名为“三耕斋”。

从孙惠芳的这本书和她博客中的几百篇文章，我们可以看到一个新教育人、一个年轻的校长和语文老师的成长历程。我想，如果大家都能够像她那样坚持“三耕”，坚持阅读与思考，与学生一起成长，一定可以成为一个优秀的、幸福的教师，从而书写自己教育生命的传奇。

最后顺便说一句，以后，孙惠芳会成为我讲述教育故事的“正面典型”啦。

（《姑苏晚报》2009年10月30日）

# 积极心态助力教师成长

陶新华是我的学生，而且从本科、硕士一直到博士都是我的学生。

我们都来自一个共同的家乡，一个位于江苏苏北的小镇。

因此，我对他，早就有着特别的厚望，特别的期待。

20 世纪 80 年代，他考入苏州大学中文系，我正好负责他们班的教育学课程和选修课“大学生与现代社会”的教学。我是留校任教，他们那一届学生与我年龄相差不大，课堂上是师生，课后则是朋友，经常一起打球、交流。我的一些书稿，他们也帮助誊抄。说实话，那个时候，也许出于教师的职业良心，也许由于自己聚精会神于事业，我对所有的学生一视同仁，对他没有任何特别的关注与关照。

1987 年，他大学毕业，回家乡工作了，在一所中学教书。过了一段时间，他来信倾诉了他的苦恼：在家乡结婚生子了，小日子过得也不错，但难道自己这一生就要这样平平庸庸地度过吗？

我告诉他，自己的命运在自己的手中。

差不多同时，不到三十岁的我被破格评为副教授，不久就开始招收研究生。我告诉他，可以试一试。

于是，他开始备战，专业问题不大，外语却丢得差不多了。他在高中教语文，升学的压力也很大，但是他的决心更大。时间不够，他甚至请了病假复习应考。

1995 年，他正式成为我的硕士研究生。那几年，我开始主持苏州大学教务处的工作，但是对这些学生的指导一直没有放松。我建立的苏州大学心理咨询中心和苏州市青少年心理咨询中心的工作也让他参与其中。毕业时，苏州大学心理咨询中心也就自然地把他留了下来。

1999年，我开始招收教育哲学方向的博士研究生，他又成为我的第一个博士研究生。他博士论文的研究方向，是师生关系问题。我一直认为，教师是整个教育过程中最关键的要素。谁站在讲台前，谁就决定教育的品质，决定孩子的命运。而师生关系，是教育过程中最重要的关系：尊其师，才能信其道；爱其师，才能乐其课。

这些年来，他一方面在学校从事心理咨询工作，成为在国内小有名气的心理咨询师；一方面办了一个培训机构，培训心理咨询师。他有经营的天分，也有公益的情怀，汶川地震后，他和他的朋友一直为灾后的心理救助工作提供帮助，去年还专门为灾区的学校义务培训了数十位心理教师。

新华这次要出版的著作《教育中的积极心理学》，就是在他多年实践和诸多讲稿的基础上修订而成的。

在书中，他为教师介绍脑科学的知识，讲如何慧眼识人，如何积极投入，如何播种幸福，如何快乐生活，如何保持心理健康，如何陪伴学生成长，如何增强个人影响力，如何书写生命传奇。

在书中，他分析了教师的常见困惑与对策，如追求完美与追求幸福，纠错教育与长善救失，网络沉迷与沉浸体验，学生早恋与性别认同，离异家庭与替代客体，抑郁情绪与解释风格，考试焦虑与考试意义，心理免疫与身心健康，人际资源与复原力训练等。

他告诉老师，在每一个人的内心深处都存在着两股抗争的力量：积极力量（好奇、幽默、善良等）和消极力量（愤怒、怨恨、自卑等）。这两股力量就像太极中的阴阳两极，此消彼长。所以，作为教师，应该学一点积极心理学的知识，努力给自己注入积极的正能量，做一个幸福完整的人。

这本书出版，新华希望我写一点文字。说实话，我一开始是不太愿意的。我对他说，我只希望为你的新教育著作写序。我一直期待，作为我的弟子，他能够深入参与到新教育的事业中来。

他一直不放弃。我也一直不动笔。

不久前，他发来了书的封面。他说，书很快就要付印了，还是希望我写一个推荐的序言。

我还是心软了。作为他的老师，我知道他的努力与他的纠结。他有本职工作，也有多方面的才能，但精力毕竟是有限的。我知道他在纷繁的事务之余，也尽可能参与新教育的工作，为新教育的教师讲授积极心理学，也在以自己的方式做着贡献，甚至做得并不比其他学生少。但是，人无完人，学无止境，或许正是因为对他有着特别的厚望、特别的期待，在我的所有学生中，他成了挨批最多的人。同样，这一本积极心理学的普及读物，在观点和内容上都还有不少有待完善之处。

也正因如此，我还是期待新华能够继续努力，把积极心理学的成果更多地运用于新教育的事业，帮助更多的老师和学生过一种幸福完整的教育生活，相信这样的积极行动，也会助力他自身的成长。

（《姑苏晚报》2017 年 7 月 23 日）

# 教育突围

周先荣校长终于“拜托”我办一件事——为他的新书撰写序言。他说，这是他的第一本书，也是他作为校长经营学校多年的心得总结。

我没有理由拒绝。

先荣是一个低调务实的人。很少有人知道，我是他的老师。那是 1982 年 9 月，我从上海师范大学教育心理学研修班回到母校苏州大学任教。我接手的第一个教学任务，就是为数学系二年级学生讲授教育学概论。先荣就在这个班上。作为青年教师，面对比自己小不了几岁的大学生，自然情感上更加接近。课余，我与他们一起打篮球，聊天，偶尔还请他们到家里打打牙祭，与他们成为了很好的朋友。

一直到现在，这个班级的学生还与我保持着联系，部分学生甚至联系频繁。在苏州工作的周先荣校长，经常与我分享他在教学方面的心得。大学毕业以后，他被分配到西山中学教书，从普通教师开始做起，先后担任了教导助理、教导副主任、工会主席、副校长、校长，后来又调至木渎实验中学任校长。

我从1987年开始担任苏州大学教育科学部主任，1993年担任苏州大学教务处处长，1997年担任苏州市副市长，二十余年时间，周先荣没有找我办过一件事，但我一直悄悄关注着他。我注意到，他们学校作为江苏省手球队的基地，为苏州和江苏获得了许多殊荣。我也注意到，他们学校首创“双分制”素质教育评价体系，《中国教育报》头版专题报道。我为他的每一个成就高兴。

但是，我之所以无法拒绝，不仅因为先荣是我的学生，更因为这本书本身的价值。

这是一本关于木渎实验中学实施“双分制”的总结，也是一本关于教育突围的著作。“双分制”素质教育评价体系中的“双分”，第一是指“基本素养积分”，在他们学校，这是每个初中生必须具备的德行养成与学业水平；第二是指“能力拓展积分”，这是建立在基本素养基础上的能力拓展，包含拓展型课程学分和课堂同伴合作学习表现学分。

具体来说，拓展型课程内容可以用“一五六七”加以概括，即一个梦想、五种习惯、六个“一百”、七种技能。一个梦想，是要求每个学生都要有自己的理想和规划，都要有自己的奋斗目标和努力方向；五种习惯，分别为礼仪习惯、学习习惯、运动习惯、欣赏习惯和思维习惯；六个“一百”，是要求在初中阶段了解一百幅名画、一百首名曲、一百位名人、一百项重大发明、一百个哲理小故事，阅读一百篇美文；七种技能，是要求掌握唱歌、跳舞、绘画、乐器、田径、打球、棋牌等七种技能。这些内容成为“评判”学生综合素质的一把尺子。而课堂同伴合作学习表现学分，主要看在课堂上同伴合作学习过程中的预习、合作、点评、纪律等具体表现。

在木渎实验中学，常规的各科学习成绩合格，并不能拿到初中毕业证书。学生在校三年学习中，必须积满学校规定的素质发展学分和课程学分，在德、智、体、美等方面具备一定的综合素养，才能达到毕业的必要条件。

应该说，“双分制”素质评价优化了学校的育人课程体系，为保障学生获得多样化、可选择、高质量的学习经历奠定了坚实的基础。这是一种双管齐下的方式，既保证了现实的根基，又朝向着理想探寻。

先荣校长告诉我，他们学校虽然没有正式加盟新教育实验，但一直是按照新教育的理念行动的，“双分制”的许多做法也借鉴和吸取了新教育的许多项目与课程，最终的目标就是使教育评价的指挥棒为学生素质发展服务，为每一个学生终身幸福奠定基础。这与新教育实验“过一种幸福完整的教育生活”的理想也是一脉相承的。

是的，月映万川，虽然我们有着不同的方法技巧，但都是朝向同一个理想前行。归根结底，都是为了中国教育的进步，中华文明的发展。

现在先荣所在的学校已经成为苏州市义务教育改革实验学校，“双分制”也在全国产生了一定的影响，大江南北的参访者络绎不绝。

作为对应试教育的“突围”，“双分制”有着非常重要的现实意义。先荣校长的这本书作为对“双分制”的初步总结，自然也是值得关注的；但是，“双分制”毕竟还是“初生之物”，在理论和实践上都还有很大的发展空间。真诚地希望先荣能够继续研究，深化改革，不断完善。百尺竿头，更进一步，相信先荣率领着这所生机勃勃的学校，还能创造更大的辉煌！

（《姑苏晚报》2017 年 6 月 11 日）

# 文心之旅

# 追寻那颗星

2007 年 8 月 16 日，中科院紫金山天文台盱眙观测站发现了一颗新星。发现时，这颗星在宝瓶星座运行，其轨道半长径为 3.109 天文单位（到太阳的平均距离为 4.66 亿公里），到地球最近距离为 2.85 亿公里，最远距离为 6.47 亿公里，绕日公转周期为 5.48 年。

六年后的 2014 年 4 月，这颗星被正式命名为“谢孝思星”。当时，我也荣幸地受邀来到苏州，参加了“谢孝思星”的命名仪式。

从那天起，每当繁星满天的夜晚，我总喜欢遥望星空，下意识地寻找那颗叫作“谢孝思”的星。当然，缺少天文知识与观测工具的我，是不可能捕捉到的；但我知道，那颗星在遥远的天上，正看着我们，看着美丽的苏州园林，看着这座古老而年轻的城市，看着这片谢孝思先生曾经生活的热土。

谢孝思先生是苏州民进的老领导，也是苏州在中华人民共和国成立以后的第一任文化局长。自中华人民共和国成立初期来到苏州，在苏州生活工作的六十多年的时光里，他和这座城市一起，经历了这个时代中最为复杂和痛苦的变化，毁坏和建设均超出了历史的想象。沧桑吾城，几多磨难。无论是在最困难的日子里，还是在文化建设如火如荼的日子里，他始终为苏州文物的保护、园林的修复呕心沥血，为苏州文化建设尽心尽力，为弘扬优秀传统文化鞠躬尽瘁。即使到了耄耋之年，他还在为苏州古城和历史文化的保护奔走疾呼。成之，他欣喜若儿童，欢欣鼓舞；挫之，他忧心若焚，寝食不安。

“青丝未白羞言老，要与青年比战功”是谢老的诗句，也是对他最真实的写照。

苏州是幸运的。在那个“大跃进”建设和“大革文化命”的时代，因为有了谢孝思，有了他的远见卓识和亲力亲为，因为他以一己之力，奔走呼唤，散落在民间的文物才被逐渐收集起来，破落不堪的园林才被慢慢修理恢复起来。我一直在想，如果没有他，没有他在中华人民共和国成立之初的文化自觉，苏州的园林、苏州的文化，会不会是另外的模样？

谢老为苏州做了那么多事情，但从来不居功自傲，也很少谈及自己曾经做过的事情，以至于我担任民进苏州市委主委时，想编撰一本《一个人与一座城市——谢孝思与苏州文化》，收集谢老的资料竟然十分困难。谢老的谦虚淡泊、不求名利，给我们留下了深刻的印象。

认识谢老的时候，我还是一个不到三十岁的小伙子，刚刚参加民进不久。民进苏州市委的同志告诉我，谢老非常关心我的情况，这让我非常感动。后来成为市委委员，有机会多次听他讲话，他对国家的情感，对党的忠诚，对民进的热爱，对年轻人的关心，溢于言表。每次开会时听到他那带有浓厚贵州口音的普通话，总感觉特别亲切。

今年是谢孝思先生诞辰一百一十周年，谢友苏先生等为了纪念父亲，专门编辑了一本年谱画册。这本画册用图文并茂的形式，记录了谢老不平凡的人生足迹，记录了一个百岁老人的思与行。

友苏先生希望我能够为这本画册写点文字，我既感到责无旁贷，也觉得非常荣幸。因为，能够再次温习谢老的故事，走进谢老的精神世界，本身就是一次洗礼，一次教育。今年正好也是民进成立七十周年，这本年谱画册，也是最好的会史教育教材，可以帮助年轻的会员更好地了解老一辈的民进会员如何与中国共产党肝胆相照、风雨同舟，如何把自己的学识和智慧交付给祖国，交付给他们深爱的城市，如何通过参政党的平台，为国家和区域的经济社会发展建言献策。

虽然在繁星满天的夜空里，我难以找到那颗“谢孝思星”；但是我知道，正是无数颗谢孝思星，才构成了璀璨的星空，照亮了我们前行的路途。那颗谢孝思星，更在我的心里，引领着我在正道上行。

（《姑苏晚报》2015 年 11 月 1 日）

# 清心与坚守

近年来，我先后得缘向证严法师、星云法师、学诚法师和觉醒法师等请教，但毕竟才疏学浅，对佛学仍然不甚了了。所以，苏州的朋友把这本明学大和尚的传记送来，希望我写点文字的时候，我一直惶恐，不敢应承。

书稿在我这里放了许久，每次翻开，灵岩塔的佛光和明学大和尚的眸光总在我眼前浮现。

自20世纪40年代到了苏州灵岩山寺以后，明学大和尚便很少离开。即使由于工作的需要短暂离开，也都是匆匆即返。大和尚说，灵岩山寺已经是离不开的地方，是值得坚守的道场，也是让自己清澈的所在。七十年的风风雨雨，其间有来自尘俗的侵扰，有政治上的波折，也有生活上的磨难，但所有的一切从来没有动摇过他的信念。寺院历经沧桑，大和尚痴心不改。

一个老人，把自己的青春、自己的生命都给了这座佛教圣山。从青春年少到耄耋之年，虽然他的容颜已改，但古寺依然年轻，寺内古树依然挺拔。明学大和尚有那么多离开的机会，为什么历经岁月，他仍然在这里？我一直在思考，究竟是什么力量让他对灵岩山寺不离不弃呢？这本书告诉了我们答案：一片清心，一种坚守。只有清心，才能坚守。因为清心，所以坚守。因为坚守，越发清心。

明学大和尚的故事感动了许多人。苏州的一些朋友从大和尚的清心与坚守中，得到了人生的启示，他们发愿要记下大和尚的行迹，便于来者观瞻，利于学者索隐，让更多的朋友走近明学大和尚；但明学大和尚虽然年事已高，对写自己的传记却并不热心。他一直建议多写寺院的历史，写印光法师和他的前辈。

因此，作者朋友们告诉我，尽管这是一本简要的传记，写作起来却并不轻松。不事张扬的明学大和尚一直很低调，不愿意抛头露面，不愿意上电视、上报刊，使得现有的资料非常少，而当年亲近大和尚的人很多也已经不在。

越是如此，大家越是感觉到编写一本明学大和尚传记的必要。两年多的时间里，作者们去了很多地方，尽可能地采访了更多的人，尽可能地搜集相关资料和图片。可以说，他们无意中就应用到了社会学上的田野调查方法，有很多内容是珍贵的口述史料。资料找到了，他们还做了很多甄别、分析的工作。

这本书的写法也很特别。如何去把握明学大和尚在灵岩山寺这么多年的贡献，如何在社会变迁的背景下来认识和发现明学大和尚，需要作者有独特的眼光和传神的妙笔。这里面多少有历史社会学的手法。

大和尚的清心，引发了作者的倾心，从而让这本书既是对一个人所作的简要传记，同时也成为净土宗传承中的一例个案研究。本书严格遵循真实性第一的原则，既具有艺术的真实，更做到事实的真实。真实，使本书拥有强大的生命力。从明学大和尚的个人成长及灵岩山的寺院发展中，我们对于近代以来净土宗的发展概况，也可窥见一斑。所以，这本书严格来说不是一部简单的人物传记，也不是一本空洞的材料汇编，而是人与寺院交相辉映七十载的宏大画卷。通观全书，可以看到，作者的方法富有科学性，研究富有实证性，文字富有文学性。作者所做的工作其实是对一笔文化遗产的整理和记录，更显珍贵。作者着意揭示人物的精神风貌，必将使大和尚的形象在人们的心中更加立体。

愿我们通过这本书，走近明学大和尚，亲近清心，学会坚守。

（《姑苏晚报》2013 年 5 月 11 日）

# 用美好为生命代言

日前，在中国美术馆参观了“吴门馨风——张继馨画展”。

我和张继馨先生是亦师亦友的关系。他是苏州民进的老前辈，也是苏州文化界的老艺术家，道德文章均为我的老师。在苏州工作多年，我对他在绘画艺术上的勤奋追求及获得的成就非常景仰和敬重，对他在民进工作和社会事业上的积极参与和无私奉献，也一直感佩不已。

花鸟画，是中国传统的三大画科之一，以花鸟代指花鸟虫鱼、蔬果翎毛等各种动植物。这些各美其美的自然万物，通过画家的心灵，折射出纷繁复杂的人间风情。其中，写意花鸟画在苏州具有深厚的传统渊源，五百多年前沈周、陈淳所创立的写意花鸟画范式，薪火相传，延续至今，张继馨先生就是当今最杰出的传承人之一。

在本次主题为“吴门馨风”的画展中，展出了张继馨在不同时期创作的具有代表性的作品，如《古汉柏图》《墙里开花墙外香》《初雪》等。我们可以从中感受到张先生集吴门画派传统之精髓，道法自然，以现实主义手法、花鸟与山水结合的大花鸟画格局，引潘天寿的构图造险破险、大开大合之气局，独创性地探索具有地域特色的“江南水乡写意花鸟画新图式”，风格新颖鲜明，笔墨酣畅独特，情感充盈真挚，呈现出时代积极向上的人文精神。

这次画展定名为“吴门馨风”，还有着特别的意韵。他的画，如他的名字一样，在继承传统的基础之上，又有自己的创新与发展，出自“吴门”，又具有张继馨的个人“馨风”。他无疑是吴门花鸟画最优秀的传人，也是继陈大羽、张辛稼之后江苏写意花鸟画坛的“扛旗”人。

人们常说，世界上不是缺少美，而是缺少发现美的眼睛。张老发现美好，绘制美好，之所以取得如此辉煌的成就，和他本人的美好生命状态息息相关。

张老不仅是一位著名画家，也是一位美术教育家。他是艺术画坛的多面手，工笔写意、山水、书法、诗文无所不能，出手又快，这是他长期努力积累下来的。他潜心钻研画史画论，所编的《草虫画谱》《鱼类画谱》《树石画法》《学画宝典——中国画技法》等书，都成为了中国画初学者的优秀读本。

张老还是一位敬业的资深政协委员和民进会员。身为民进人的张老，几十年前就与谢孝思、沈彬如等前辈多次慰问老山、法卡山前线官兵，书画拥军，激励战士。在我担任苏州民进主委期间，抗震救灾、慰问部队，张老都积极参与，从未缺席。他对民进中央的工作也非常支持，曾经与苏州的书画家们专门为民进中央大楼挥毫泼墨，创作书画。

张老更是一位将情怀付诸行动的好公民。张老钟情于公益事业，自20世纪70年代就积极参与各类公益事业。他连续多年自掏腰包为社区百名七十五岁以上的高龄老人过重阳节，美味佳肴伴评弹，乐得老人笑开颜。他连续十三年为离家打工的小区保安员、保洁员、绿化员送“中秋礼”，物业公司三度换，中秋月饼从未断。更加令人感动的是，2016年，他无偿向苏州相城区政府捐赠了个人创作与收藏的作品一千五百七十八件，涵盖了中国画、书法、常用印章、写生作品，以及个人收藏的名家书画作品、古玩等。这次展览的大部分作品，都出自他捐赠的张继馨艺术馆藏品。他作为德艺双馨的老艺术家，已经入选2016年中央文明办“中国好人”榜。

今年“五一”期间，我专门去看望张老，参观张继馨艺术馆。九十二岁的张老依然步履轻盈，思维敏捷。他告诉我，自己仍然保持了每天清晨4点半起床，5点至8点三个小时练习书画的生活习惯。他说：“我的拼搏就是画画，到现在九十多岁还在拼搏！”

是的，在我认识的学者和艺术家中，像张老这样既有天赋又异常勤奋的人是不多见的。我们很难想象，一个艺术家一生能够办近百个展览，出版近百部著作，发表专业论文六百余篇。在他的艺术馆我看到了他的著作清单，有《画事一得》《笔上参禅》等图书，《石榴》《虾蟹》等数十种画谱，以及《张继馨扇集》《张继馨书画集》等。正可谓一分耕耘一分收获。张老在花鸟虫鱼的世界里，以小见大，用一滴水折射出太阳的光辉；大胆突破，熔南方的精致灵秀与北方的雄浑厚重于一炉。张老以生命为美好代言，数十年如一日地创造美好，传播美好，他的人生也因此成为了美好的艺术品。

杜甫诗云：“庾信文章老更成，凌云健笔意纵横。”期待在张老一百岁的时候，我们能够再次在中国美术馆相见，欣赏他的新作品！

（《姑苏晚报》2017 年 6 月 4 日）

# 守望昆曲的不老松

认识守松先生好多年了。

他是一位高产作家，差不多每本书都寄赠给我。特别是那洋洋洒洒十九卷的《杨守松文集》，沉甸甸的。我翻阅过其中的一些作品，为他的敏锐、他的责任、他的担当、他的才华而感佩。

他知道我喜欢吃面，曾经多次约我去他的糊涂楼品尝他的糊涂面。他说，味道绝不亚于奥灶面。只可惜我在苏州分管文化十年，多次去昆山，却一直没有机会去做一回“糊涂人”。

前几天，有机会陪同全国人大常委会副委员长严隽琪在昆山调研公共文化服务体系建设，需要召开一个座谈会，我就提议邀请守松先生参加，不仅想听听他对于文化问题的高见，也有点小私心，想见见这位老朋友。

没有想到，开会前我们考察巴城老街和基层公共文化设施时，却在他的工作室不期而遇。那间雅致的工作室里，挂满了昆曲人物的照片，两排书架和能够摆放物品的地方，都堆满了关于昆曲的著作。他告诉严副委员长，不要小看了昆山，昆山不仅是全国经济发展的翘楚，更是文化建设的重镇。经济可以在短期上去，文化却需要长期的积累。

多年不见，守松的脸上留下了岁月的痕迹，但也绽放着青春的光芒。我清晰地感觉到，他的心比以前更年轻了。毫无疑问，这肯定是昆曲给他的影响。

守松和我都是盐城人，是地地道道的苏北人。他的家乡口音仍然很重，却爱上了吴侬软语，爱上了百戏之师昆曲。这是没有人能够想到的。

守松送我他的《昆虫小语》和他策划的连环画《昆腔缘起》《水磨新声》，还有他主编的《玉山草堂》第五、第六期。在《昆虫小语》的序言里，他把昆曲誉为“神曲”，说昆曲是“三千清曲，典藏于大千世界；一寸芳心，独秀于万丈红尘”。他对昆曲敬之、拜之、迷之，心甘情愿做“昆虫”。他甚至把昆曲称为他嫡亲的“姐姐”。

2005年，功成名就的守松从文联主席的位子上退了下来。按理说可以吃点老本，安享晚年，过着惬意舒适的生活；或者轻车熟路，写点报告文学或小说，在文字的王国中遨游；但是，他却从《昆山之路》走上《昆曲之路》，选择了一条“不归路”——研究昆曲。

为了昆曲，他拒绝了许多诱惑，甚至欠下了许多人情。他婉谢了中国作家协会何建明副主席要他写“中华一百位名人”的约稿，婉谢了江苏省委原副书记顾浩让他写京剧演员的指示，婉谢了人民文学出版社要他写民工故事的要求，婉谢了苏州市委宣传部缪学为副部长希望他写苏州好人的要求……他说，这些人都是曾经帮助过他的恩人，可为了昆曲，他只好在心里一再向他们说对不起了！

为了昆曲，他遭遇了许多不测，甚至差点搭上了性命。有一次他到台湾采访一位昆曲学者，结果他在约好的时间之前就到了这位学者的住处。当时外面下着瓢泼大雨，但怕影响别人休息，他只好在榕树下和屋檐下“躲雨”一个小时。无奈中他给自己女儿发了微信：“台风暴雨漫天飞，牵挂人儿知是谁。”而在采访中国艺术研究院戏曲研究所王安葵先生时，因为急于赶时间遭遇车祸，险些送命。

已经退休的他知道属于自己的时间并不多，可他知道属于许多昆曲老人的时间更少。这些年，他差不多满世界飞，寻找那些古稀老人，为他们留下关于昆曲的记忆。他长途跋涉数十万公里，采访近百名专家学者，从一百零三岁的倪传钺到昆曲专家顾笃璜，从“昆曲义工”白先勇到旅美票友侯北人……哪里有昆曲的踪迹，哪里就有他的身影。最近，不懂一句英语的他，还将孤身一人去纽约，拜访一位百岁曲家，须知，他自己也已年逾七旬。

难以想象，在他瘦弱的身躯中，蕴藏着如此大的能量。他说，这是因为昆曲太美了，太难了，进去就出不来了，只能“随缘”，往前走。“因为了解越多，越觉得自己浅；越是浅，就越是要往里面走。”所以，他随着昆曲的美的指引，一直向前走着。他告诉自己，走多远算多远。

我想，他匆匆忙忙走到今天，或许自己都不会想到，竟会走得如此之远，钻研得如此之深。

几年前，谢孝思先生去世时，我曾经组织苏州民进的同志们编过一本小书《一个人与一座城市——谢孝思与苏州文化》。当一个人的名字与一座城市联系起来时，既是这座城市的荣耀，也是这个人的荣光。显然，守松是可以享有这个荣光的。

有意思的是，当代对苏州文化做出巨大贡献的几位名家，从李根源、谢孝思到陆文夫、杨守松，都不是地地道道的苏州人；但苏州却成为他们的心灵归属地，他们对苏州如此深爱，绝不亚于任何苏州人。他们像一棵棵不老松守护着我们的城市，守护着吴地山水、苏州园林、大美昆曲，守护着我们的文化。

守松先生，我向您致敬。

（《姑苏晚报》2015 年 11 月 29 日）

# 他在遥望美丽的苏州

团伊玖磨先生是日本著名的音乐大师，也是中国人民熟悉的老朋友。先生1924年4月7日生于东京，一生中创作了七部歌剧、六部交响乐曲、十六首管弦乐，其中有不少以中国历史和文化为题材，如交响乐《万里长城》、歌剧《杨贵妃》等。从日中文化交流协会创立初期开始，他就一直致力于日中友好和日中文化交流的发展，并在1997年获得了中国文化部授予的“文化交流贡献奖”。

2001 年 5 月 16 日晚，我有幸与这位驰名世界的文化名人共进晚餐。团先生非常健谈，他告诉我，他的父亲就是中国人民的老朋友，在他家的客厅里，还挂着京剧表演艺术家梅兰芳送给他父亲的书法作品。他的夫人出生在苏州的附近，可以说是半个苏州人。

先生对于中国文化非常着迷，中国古代文人的琴棋书画，他几乎全部精通。他说，从文化的渊源来看，韩国是大哥，中国是父亲。

先生还介绍了日本保护文化遗产的许多做法。他说，苏州应该努力保护自己的传统文化，只有文化才是永恒的力量。

团先生告诉我，他长期住在太平洋中的一个小岛上，没有电视、报纸、收音机，拒绝各种社会信息。差不多每年有九个月时间住在岛上，写作、作曲，剩下三个月漫游世界。所以，他经常用自己特有的眼光看这个奇怪的世界。

最后，团先生送我一本他刚刚出版的书——《烟斗随笔》第二十七卷。

当天晚上，我是捧着《烟斗随笔》入眠的。从作者介绍中知道，这本书是团先生写了整整三十六年的系列作品之一，他每星期写一篇在《朝日画报》上连载，此前已经出版了二十六卷。

我非常奇怪，在粉红颜色的封面的左下方有这样一句话："生老病死，爱别离苦，是命中注定。亲爱的朋友们，再见了！"

第二天凌晨2点，一阵刺耳的电话声响了起来。外办的同志告诉我，团先生走了！

"怎么可能？！"昨天晚上我们还在一起谈笑风生，现在竟然天人永隔？我马上赶到医院，为先生送行。当天晚上，先生的家人从日本赶到，护送先生的遗体回国。

这个晚上，我一直看着这本粉红颜色的书。全书的最后一篇文章写于2000年10月6日—18日，压题照片是他的手稿。题目就是《再见了》。最后一段文字似乎是神秘的谶语："今年又到了真正的秋天。秋天，是在落叶中了结一件事的季节。到了向长年与本文同在的广大读者告别的时候了。再见了！我不会再回来。老人是要离开的。人们能够看到的，只是他渐渐远去的背影。老人哼着久远久远的旋律走远了。大寺香袅袅，升空化雨云。老人的烟斗再也冒不出烟了。”

一代宗师，就这样离开了我们。

团先生去世好几年了，我离开苏州也已经整整一年了；但是，不知道为什么，我还经常想起那个难忘的夜晚。我甚至还经常想象着，这个时刻，团先生也许正在天国，吸着烟斗，遥望着美丽的苏州城呢。

（《姑苏晚报》2009年3月6日）

# 在寂寞中修行

刘振夏先生人物画展举办时，我因公务没能前去参观，深感遗憾。

认识振夏先生很早。当时，他是民进苏州市委的主委，我是苏州大学的民进会员。早就听说他是一个奇人。他从小丧母，父亲与堂伯顾祝同都是国民党的高级将领，为此他在“文化大革命”的时候吃尽了苦头，但是从来没有停止过手中的画笔。20 世纪 80 年代初，振夏先生在人物画上成就斐然，朱屺瞻、唐云、程十发等大师都观看过他的画展。他还应时任上海市市长汪道涵之邀，为美国旧金山市市长画肖像，为英国女王画像。

国内重要的画展，他都悄悄去观摩；休息日，他不是去郊外写生，就是关在无人知晓的工作室里作画。他坚持“不卖、不送、不展”，很少参加各种社交应酬，就是希望自己能够淡出公众的视线，远离市场的浮躁与喧嚣，让自己静悄悄地读书作画。慢慢地，我们每次见面的主题，竟然都是谈画！他说，他对于自己的画有足够的自信；他说，他甘愿在淡泊中面壁，在寂静里默默地作画。

2007年2月8日，他的新书《情画未了》在苏州图书馆举行发布会。这是一部自传体的回忆录，书中讲述了他许多鲜为人知的故事，展示了他的一批精品力作，文字美，画作更美，可谓文画交融，达到了画中有文、文中有画的境界。书中他引用了傅雷给傅聪信中的一段文字：“适量的音乐会能刺激你的艺术，提高你的水平；过多的音乐会只能麻痹你的感觉，使你的表演缺少生气与新鲜感，从而损害你的艺术。你既把艺术看得比生命还重，就该忠于艺术，尽一切可能为保持艺术的完整而奋斗。这个奋斗中目前最重要的一个项目就是：不能只考虑需要出台的一切理由，而要多考虑不宜于多出台的一切理由。”是的，把艺术看得比生命还重要，要考虑一切“不宜于多出台”的理由，这不正是振夏先生自己的写照吗？

一转眼离开苏州三年多了。士别三日当刮目相看，退下领导岗位以后，振夏先生更是全身心地投入艺术创作，颇有“不鸣则已，一鸣惊人”的气魄。他告诉我，这些年光是废弃的画纸，堆起来就有一人高了。春节时见他，他拿着时髦的苹果电脑，如数家珍地展示一张张作品，像一位母亲展示着自己孩子的照片一般，得意，欣赏，而我的惊喜、敬佩之情也油然而生。

在振夏先生的画展请柬上，我曾经读到方增先先生对他的评价：“一个出众的人物画家独自在画室里待了三十年，刘振夏像一个入定的修行者，一切妖魔都无法干扰。这种追求艺术正果的‘定力’不仅仅是毅力，还需有坚定的信念和十分的自信。”是的，这样的学者和艺术家，在今天已是凤毛麟角，难以寻见了。安于寂寞，不卖画，不送画，不赶时髦，不迎合市场，潜心管毫三十载，心无旁骛苦耕耘。我们有几个人能够做到？三十年的追求与探索，才铸就了他在水墨人物画领域的独特造诣。他的艺术成就，他的定力与毅力，都令人深深折服。

“寂寞修正果，无欲成大器。一旦露真容，画坛人称奇。”这是我为先生画展写的小诗。相信振夏先生这次画展，是他又一段寂寞旅程的新开端，在不远的未来，他还会给我们新的惊喜。

我期待着。

（《姑苏晚报》2011年7月9日）

# 矩成方圆，心静而敏

苏州自古画家辈出，历史上，如南朝陆探微、张僧繇，唐代张璪、张洽，五代滕昌祐等名列画史的名画家就达一千二百余人。到了明朝中期，以沈周、文徵明、唐寅、仇英等为代表的文人画家声名鹊起，奠定了“吴门画派”在中国画坛的地位。

近年来，苏州书画界在重振吴门画派雄风方面做出了许多努力，先后在北京、上海、南京和海外举办了推介苏州当代书画家作品的大型活动，好评如潮。我有幸躬逢其盛，见证了新吴门画派在京城的光荣与骄傲。

新吴门画派的重要推手之一，就是苏州国画院的院长周矩敏先生。

作为朋友的周矩敏，我是熟悉的。矩敏兄是个保持着清醒思考的人。他的话不多，但出言不凡。他曾经一针见血地指出，如果艺术品也“唯权为是，唯利是图”，那么“文化现象就成了社会问题”，发人深省。矩敏兄也是个做事认真的人。当年柏杨先生的《丑陋的中国人》首次正式授权大陆出版时，柏杨表示“要等周矩敏动笔”来画插图。因为欣赏该书，也因为柏杨先生的诚意，矩敏兄在推辞无效后，与柏杨反复探讨，达成“丑陋但不能丑化”的约定。最终这次插图版的《丑陋的中国人》大获成功，再版十五次，印发二十一万册，连续数年被评为全国人文类图书第一名。他曾经告诉我，他很喜欢我的文字，如果有机缘也愿意为我的著作配图。我告诉他，我更喜欢他的画，如果他能为我的小书画插图，是我莫大的荣幸。

作为同事的周矩敏，我是钦佩的。在我担任分管文化的副市长时，苏州国画院是我分管的单位。苏州国画院是成立于1960年的国内最早的六家画院之一，名家辈出，张辛稼、吴敩木、孙君良、刘懋善、马伯乐、谭以文、姚新峰等，一个个才高八斗，如雷贯耳。之后，时任文化局长高福民慧眼识才，从工艺美院引进了艺术成就正如日中天的周矩敏。

对矩敏兄来说，作为“空降兵”担任苏州国画院的院长，是荣誉也是责任，是动力也是压力。人群之中，艺术家总是最有个性的一群人，矩敏兄自己就是个性鲜明的艺术家，如何从习惯单打独斗的画家，到团结一群人结伴而行的院长，需要角色意识的转换。不知是不是因为矩敏兄自己常年画人物画，锻炼出了比一般人更敏锐的对人的觉察判断力，他不仅把最难团结的书画家们凝聚起来，让听枫园里惠风和畅，而且从省内外选拔了好几位年轻画家加盟画院。这些年轻画家在当时只是小荷才露尖尖角，但加入国画院数年后大多成绩斐然，出类拔萃，后来居上，有些被北京的著名艺术机构“挖角”。前几天回苏州时与矩敏兄谈起这些年轻人，他自豪的神情溢于言表。他说，惺惺惜惺惺，实力与成长性，不是所有的人都懂的。

我担任民进苏州市委主委时，周矩敏是副主委。我知道画家的时间宝贵，嘱咐大家一般小事情不要麻烦矩敏；但是，他总是主动承担分管的工作，团结书画界的朋友到部队拥军等，各种公益活动从不缺席。记得多年前我们在吴宫喜来登举行扶贫帮困的书画义卖，他的画拿下了全场的最高价。

作为画家的周矩敏，我是羡慕的。对于他的画作，大家印象最为深刻的，莫过于他的一系列流连在苏州园林里的民国人物画。那些画，体现出了一派江南风貌，那优哉游哉，那恬淡自在，那从容诗意，早已给人留下了深刻的印象，堪称他的代表作。心静而敏，如果没有画家自身内心的宁静安谧、从容不迫，就不会敏锐捕捉到那些诗意，也无法画出那般的自在。并且，他并没有在此止步，而是怀着一种责任感甚至使命感，将画笔又聚焦到了新的题材上。无论是《浮世新语》

里的社会百态，还是《奉安大典》里的历史片段，甚至是山水花鸟的泼墨小品，我们都可以看见，他仍然在进行着新的探索，在不断地超越自我。

我到北京以后不久，知道了矩敏生病的消息，一度为他的健康担忧，在心里默默为他祈祷。偶尔回苏州见面，看到他有些憔悴的面容，知道他在与病魔做顽强的抗争；但是，我相信，有他那颗宁静的心，就有战胜疾病的底气。果不其然，这次国庆再聚，他已经面色红润，恢复了健康。好事成双，明年，他的个展将会来到北京，在中国美术馆亮相。真为他高兴。

没有规矩，不成方圆，画家却能在咫尺方圆之内，屏息静心，敏捷挥洒所见所思，是让人艳羡的。和许多孩子一样，我小时候也有一段时间曾经喜欢过绘画，甚至做过“画家梦”。在乡镇的小街上不知天高地厚，上大学到了苏州才知道，我这辈子是当不上画家了。不过，在我发起的新教育实验里，有个叫“读写绘”的项目，已经润泽了成千上万孩子。这个项目是针对小学低年级段的孩子，通过让他们听故事、复述故事、绘制故事的方式，全方位地滋养孩子们的生命，激发孩子们的潜能，让画笔成为孩子表达自我的工具。希望有一天，这些接受新教育的孩子们之中，能走出像矩敏兄这样的画家。我也相信，孜孜不倦前行的矩敏兄，那时又走得更远了。

（《姑苏晚报》2015年11月22日）

# 书痴人生行走侠

不久前，收到曹正文先生寄来的一个大大的邮包。打开一看，是洋洋四百五十万言、整整八大卷的《米舒文存》。他告诉我，十年前就有出版社想出版他的文集，他一直没有时间整理，更不敢把自己的作品用“文集”的名义出版。他退休以后，闲居在上海与苏州两地，总算有了比较充裕的时间，一方面用于行走世界，一方面用于整理自己这几十年来已出版的文字。这次由上海书店出版社隆重推出《米舒文存》，实在可喜可贺。我利用业余时间，饶有兴致地翻阅了正文的大著，觉得有必要写点文字谈谈自己的读后感，推荐给有兴趣的朋友们。

《米舒文存》卷一是他的诗话随笔集，收入了《咏鸟诗话》《群芳诗话》《山水诗话》与《动物百话》四本书，是分别以花鸟、山水和动物为题材的。读这一卷，知识性与趣味性兼具，其实更像科学普及读物。书中的插图，均为董之一先生（著名画家董天野之子）绘制。最有意思的是在《动物百话》中，作者把自己也列入其中加以描述。他写道：人虽然在许多方面比动物更优秀，但是人的虚伪和狡诈更胜于虎狼之辈；人虽然与动物一样为生存而奔波，但是人是有思想的动物，人的领悟力和创造性给人类生活带来了无限广阔的前景。他说，自己作为动物，比起其他动物经受了更多的磨难，同时也享受了更多的乐趣。

卷二是他的散文选，共有“人生记忆”“米舒美文”“风月无边”“文人雅士”“书香心怡”“访台杂记”“舒园十记”七辑。“人生记忆”是从他五十年间撰写的千余篇散文中精选出来的，“米舒美文”则大多采用骈文体撰写而成，“风月无边”与“文人雅士”是他关于山水花月、亭台楼阁、家居文玩的小品文，“书香心怡”则是关于藏书、淘书、读书、爱书的逸闻趣事，“访台杂记”记录了他与柏杨、余光中、罗兰、蔡志忠、林清玄、温世仁等名家交往的故事，最后一组“舒园十记”则记叙了他退休后在苏州的闲适优雅生活。

卷三是他的文史杂记选，由他的三本著作构成。一本是曾由上海古籍出版社出版的《史镜启鉴录》，一本是曾由上海书店出版的《女性文学与文学女性》，还有一本是曾由文汇出版社出版的《壶中书影——米舒评说千古文人》。正文兄自幼喜爱文史，“文革”期间曾经拜章培恒先生为师学习“二十四史”，受过系统的史学训练。这三本书挖掘了许多历史掌故，讲述了许多鲜为人知的历史人物故事：孔子为什么长寿？袁绍杀田丰为什么是冤案？欧阳修如何选接班人？为什么说吴三桂并不多情？女道士有怎样的浪漫生活？

《西游记》中为什么有那么多的女妖精？通过这本书，我们也可以认识老子之道、孔子之求、商鞅之术、孟子之辩、庄子之境、荀子之实、董仲舒之窥、司马相如之媚、司马迁之愤、葛洪之度、陶渊明之悦、魏徵之谏、范仲淹之乐、王安石之拗、唐伯虎之浪、郑板桥之怪、纪晓岚之达、曾国藩之韧、洪秀全之假、李叔同之奇等等，一百三十余位历史人物，每个人用一个字来点睛，道出其人的主要特征，也是一部值得一看的奇书。

卷四是他的侦探小说与评论集，由小说《紫色的诱惑》和《世界侦探小说史略》两部著作构成。一般人可能很少知道，正文兄是国内比较早从事侦探小说写作的作家。早在1984年，他就写了一部《秋香别墅的阴影》，被秦怡的影视公司改编为电视剧，由陈道明主演。后来又写过《佛岛迷踪》《四十岁男人的困惑》《金色的陷阱》，主编过美国侦探小说集《多情的窃贼》和《世界侦探推理小说大观》，并撰写有文学专史《世界侦探小说史略》等。他还是一位侦探小说收藏家，收藏了近百部世界各国的侦探小说。他到世界各地游览，也从来不会忘记寻找侦探小说中曾经涉及的地方，我们从书中的照片可以看到这个侦探迷的行踪。

卷五是他的武侠评论集，由《古龙小说艺术谈》《金庸小说人物谱》和《中国侠文化史》三本著作构成。兴趣广泛的正文兄，在20世纪80年代中期开始研究武侠小说，金庸先生读到他撰写的《古龙小说艺术谈》一书后大为欣赏，邀请他到香港讲学。同时，墨尔本大学与多伦多大学等大学也邀请他作为武侠研究专家去讲学。他还创办了《大侠与名探》集刊。书中附有他与金庸、梁羽生、严家炎等武侠小说作家与评论家的珍贵合影。

卷六是他的小说选，由《唐伯虎落第》《苏东坡出山》和《龙凤双侠》《三夺芙蓉剑》《僰人棺之谜》五本著作构成。前两本是历史小说，后三本是武侠小说。正文兄曾经也是一个痴迷文学的青年，参加过上海作家协会的青年文学创作学习班。除了写过六部侦探推理小说，他还写了大量历史题材的小说与武侠小说。他是苏州人，从小听“唐伯虎点秋香”的评弹长大，在《唐伯虎落第》中寄托了他对苏州的故乡情结。他创作武侠小说很偶然，他任职的《新民晚报》领导想提高报纸的发行量，有一天看到他办公室桌上有一本武侠小说，就说："你也给晚报连载写一篇武侠的吧！"于是他写了连载武侠小说《龙凤剑》，后来由江苏文艺出版社以《龙凤双侠》书名出版，发行三十余万册，成为当时的畅销书。正文兄兴趣广泛，小说的写作基本是三十八岁之前完成的。之后，他把更多的精力转向学术研究。

卷六中的照片是关于苏州的。退休以后，他在苏州有了一个庭院，取名为"舒园"，既为他的笔名米舒之舒，也是舒适雅致之舒。书房的斋名是九十八岁高龄的陈立夫所题写的"锦沁楼"。其中有一张是我参加"曹正文收藏签名本捐赠仪式"的照片，记录了我们之间的友情。当时我在苏州担任分管文化教育的副市长，给他主持的报纸写过一些小文章，加上他是苏州老乡的缘故，我们成了好朋友。听说他有意捐赠自己收藏的数千本名人签名书籍，我竭力动员他捐赠给苏州图书馆。现在，这个签名本陈列室也是他经常带朋友参观的地方了。步入老年的正文兄，也经常为我们之间的这段往事感慨呢。

卷七是他的游记选，是从他已出版的《开心万里行——米舒游记选》《无边风月之旅》《我走过88个城市》《行走亚洲二十国》和《行走欧洲三十六国》五本著作中的文章中选编而成的。正文兄不仅是一个书痴，读书破万卷，也是一个行者，行走六十九国，何止行万里。与一般的旅行者不同的是，他边走边思，边走边写，写下了一千多篇游记，记录了自己的见闻与思考。在亚洲，他记录了新加坡的“三不提倡”，马来西亚《星洲日报》成功的启示，泰国清迈的“邓丽君下午茶”，在日本熊本地震中惊魂，在尼泊尔历险，在土耳其“大巴扎”购物，在迪拜迎新年，在死海中“游泳”，在不丹观宗堡。在非洲，他记录了开罗旧城的奇观，北非蓝白小镇的风景，南非野生动物园的神秘。在澳洲，他记录了澳大利亚充满野趣的袋鼠岛，新西兰色彩斑斓的皇后镇。在欧洲，他记录了乘俄罗斯列车历险的经历，在斯德哥尔摩大学讲课的情形，感受梵蒂冈大教堂，夜游塞纳河，拜访莎士比亚故居，在慕尼黑街头迷路，寻访安徒生足迹，访问奥斯威辛集中营，感受圣马力诺的夕阳山道。在美洲，他记录了赌城流动的灯光，美国人的口才与幽默，魁北克的法式风情，阿根廷的探戈舞姿，巴西亚马孙森林的诱惑，海地拉巴第的休闲天堂，墨西哥的玛雅遗址等。正文从四十三岁第一次出国，到现在，六十六岁的他今天仍然行走在路上。

卷八是他的书话集，由《书友茶座》《珍藏的签名本》两本著作构成。论文凭，正文只是初中毕业；论学问，正文却是饱学之士。少年时代的他读了大量中国古典小说，青年时代开始阅读世界名著，后来又拜师研读“二十四史”。被聘为《新民晚报》记者以后，主动请缨创办了《读书乐》专栏，一个人单独主持这个专栏二十二年之久。受邹韬奋先生创办《生活信箱》的启发，他也创办了一个与读者互动的专栏《书友茶座》，他总共回答了一万多封读者的来信，在专栏发表的短文达一千二百多篇。读者的问题五花八门，也迫使他读了不少三教九流的书。《书友茶座》精选了其中的部分文章正式出版。正文在主持《读书乐》专栏的过程中，也结识了许多名家，组稿之余，得到了三千六百余册名家签名著作，他又撰写了《珍藏的签名本》和《珍爱的签名本》两本书，记录了与这些作家交往的故事和签名书的由来。第八卷书末有两个附录：一是“名家序跋”，为三十余位著名专家为他的著作撰写的序言和书跋。一是他的著作目录，其中创作六十二部，主编一百二十部。有意思的是，目录中竟然有我早已忘记的“明日教育丛书”，这是我们共同主编的为新教育教师出版的著作。当时，正文兄正轰轰烈烈地与温世仁先生合作做出版工作，可惜后来温先生早逝，出版事业也就停了下来，但是这一段合作，也加深了我们的友谊。

与曹正文先生有近二十年的交往了。这些年来，我断断续续收到他的一些著作，感叹他旺盛的创作激情和勤奋的工作态度，感谢他从来没有忘记养育他的故乡苏州，也感激他从来没有忘记我这个老朋友。

（《姑苏晚报》2016年11月13日、11月20日连载）

# “三郎”有“三绝”

“五一”假日，有网民感叹：劳动节，更应该劳动，为什么要放假庆祝这个本该倡导劳动的日子？颇觉有理。的确，几乎每个节假日，都是我的劳动日，都是我借机躲在滴石斋里闭门读书写作的好时光。

今天早晨打开电脑，收到苏州费之雄先生来函，说三年前他为我撰写的嵌名联因电脑故障丢失，希望我能够帮助查找。何需查找呢？那对联一直在我的心中，因为我把这副对联作为先生对我的期待与勉励：“永康须自摄生起，新境常由巨擘开。”一是希望我能够珍惜身体，保持康健；二是勉励我勇于创新，成就学问。

之雄先生是我非常尊敬的长者。在苏州期间，我们虽然交往不多，但因同为民进会员的缘故，还是经常会在一些写春联、走访部队等活动中相遇。早就知道他是左笔书法家费新我先生的三公子，号“左传三郎”，知道他有“三绝”：书法、楹联、灯谜。

之雄先生的书法素来被人称道，2013 年 4 月 28 日，他在苏州图书馆举行了纪念其父费新我先生诞辰一百一十周年和自己八十初度的书法展，并为自己的展览撰写了一首藏头诗：“系伴联盟犹笔织，列题撰句倍心耕。书坛喜觅晴空域，展翅由吾万里行！”洋溢着喜悦与豪迈之情。蒙他热情相邀，但那时我正在中央党校学习，无法请假观摩，后来利用“五一”假期的时间补了这堂课。先生陪我观看了展览。从展出的三十套展品内容来看，都是他本人自撰作品，且成组成篇，题材包含历史人文、地方风情，形式多样，诗词曲赋，画印文联，令人耳目一新。他的书法继承父风又别具一格；遍学名碑法帖，正草隶篆兼长。无论是《孙武颂》《奥运颂》《世博颂》等宏大题材的对句书法，还是《四君子新四君子四才子》《锦灰堆》的标新立异，都给我留下了非常深刻的印象。我深有感触地对之雄先生说："现在的书家能够自己写诗作文的越来越少，技术高了，文化低了。先生则是有文化的书家。"

之雄先生不仅书艺精湛，撰联也是大家风范。他的楹联被全国各地名胜景点和高等院校收藏入刻上百处。其中"中华锦绣长联"在"祖国颂"大赛中获特等奖，"十二生肖书画联"被印成邮票。他曾经拜国学大师钱仲联先生为师，并为其撰联："儒之学，释之法，道之玄妙，造化为师，留得词章辉寿世；诗也韵，史也实，文也精醇，乐育终老，更余著述可齐身。"我的学生陈艳青获得奥运冠军后，他专门为之拟联以贺："举重若轻，世人称艳；循规入范，炉火纯青。""神六"发射成功以后，他欣喜若狂，创作了嵌数字联"遴二俊环四海亿众同祈兆赫万波一网收半旬瞻九野，列三强震五洲八方协力千锤百炼十年就六顺奔七舟”，将十六个序数巧妙地嵌入联中。钱仲联先生曾经这样评价他的楹联成就：“近人作联，往往音节不齐，平仄不协，辞意不对，为雅人所不屑顾。费君之雄能传乃翁书法衣钵，则不但工书，又精制联。其制联又往往自创新意，特别是妙语双关，匪夷所思，其中含哲理，用典实，有美学观点，可以说是当今制联的专家。”

之雄先生的第三个绝活，就是制谜。他的灯谜艺术也是家学渊源。据说费新我先生给他们弟兄六人取名字，就曾经以深蕴谜意的字取作小名，如之雄排列老三，就叫“鼎鼎”（三足之意），老四叫“赫赫”（四个赤），老六叫磊磊（六块石头），而五弟叫“卉萌”（因生于民国三十年十月十日），这些都是用了猜谜的拆字法来取的小名。在这样的氛围中成长的之雄先生，长期耳濡目染，颇见其父之风，在灯谜艺术上不断精进。之雄先生在20世纪60年代就创作了一个谜语：以“千里送鹅毛”为谜面打一成语，谜底为“不近人情”，重新演绎了“礼轻人意重”。90年代他曾经为我们民进的老主委谢孝思先生出了一个灯谜，谜面是孟郊《游子吟》中的一句:“谁言寸草心，报得三春晖。”谜底“谢孝思”表达了要像小草答谢春天阳光的温暖抚育那样，感谢慈母关爱呵护自己的心情。扣合工整，妙趣横生，在民进会员中一时传为佳话。在我家附近的干将路凤凰公园石坊上有他撰写的一副楹联：“参天银杏栖乌鹊，夹岸碧梧招凤凰。”后来他以这副对联为谜面，以黄梅戏《天仙配》唱词“树上的鸟儿成双对”为谜底，又创作为一个浑然天成的灯谜。难怪他一举获得了全国“最佳谜手”“中华佳谜手”等称号，并被中央电视台、东方电台等举办的大型谜赛聘请为评委。

让我更为感佩的是，八十高龄的之雄先生仍然以“时有所进，日有所为，年有所获，生有所成”自勉。他会在蛇年春节期间，给我们发来电子贺卡和文章《蛇年侃蛇》，同时取《陋室铭》句式撰写《银蛇铭》：“齿锐无足，躯长有鳞。陆生水栖，先祖化身。示威吐信，舞姿动人。胆明目珍品，皮华丽至尊。肉堪一流味，毒值百倍金。性灵会记仇，知报恩。寓意吉祥富贵，象征幸运财银。冬至眠难醒，春来屈又伸！小地龙，换装岁新。”他会在炎热的夏天，给我们发来冰雪世界、极北风光、冰川融化等十余幅“炎暑送清凉”的图片。到了9月的“中秋请柬”则又附上了精美的粤菜图片。他偶尔还会发一些新闻评论文章，如谈论中国发展处在十字路口，中国文化思想为什么落后……一位新潮老人的勤奋思考、睿智眼光与生活情趣，给我留下了深刻印象。

“三郎”有“三绝”，又被称为“三雄”：书之雄、联之雄、谜之雄。人们常说，一生做好一件事。其实，能够做好一件事都很难，之雄先生却做出了“三绝”，可想而知他劳作之勤奋，也为我们这些后学树立了典范。在这个劳动的节日里，让我们好好向这位“劳动模范”学习吧！

（《姑苏晚报》2016年5月8日）

# 举坛上灿烂一笑

三退三进家国情，孤独求胜巾帼风。

抓挺已罢含笑立，姑苏女儿傲燕京。

这是我在现场观看陈艳青参加北京奥运会女子 58 公斤级举重比赛时写下的感想。

十年前，我担任苏州市分管体育的副市长时，艳青还是一个不到二十岁的年轻运动员，现在，她已经是两届奥运会的冠军了，两项奥运会纪录的创造者，多个世界冠军的获得者，可谓万千宠爱在一身。

可是，许多人不知道她为这些洒下了多少汗水，流下了多少眼泪。在训练中，每一天艳青差不多要举起总重量30吨的杠铃，在那一小片方寸之地反反复复抓举挺举。在比赛前，为了控制体重，艳青不得不抗拒各种美食的诱惑，不得不在高温的桑拿房出汗。为了国家的荣誉，她必须心无旁骛地投入训练，那些女孩子喜欢的东西，衣服、美食、爱情等，她只能选择远离。她曾经对我说，二十年来，从小女孩到小姑娘，从小姑娘到怀春的大姑娘，几乎每一天她都做着女孩子的梦。她的一个崇拜者，来自美国的犹太人，几乎追随她跑遍世界各地的举重赛场，愿意送她一套在美国的别墅，艳青也只能对他说不。

曾经有人对我说，苏州是一座水灵灵的城市，一个苏州的女孩子，应该是操着吴侬软语、水灵灵的模样，但是以陈艳青、唐卫芳为领军人物的苏州女子举重队，却先后拿到了30多个世界冠军。多么奇怪！我告诉他，其实，苏州一直是一座外柔内刚的城市。春秋三大刺客，苏州人占了两个；项羽的八千子弟兵，几乎全部来自苏州；更不要说近现代的南社了。苏州的豪情侠胆，不仅在女子举重这个项目上充分展示出来，在三十年改革开放的历程中，无论是昆山之路、张家港精神，还是苏州工业园区的速度，都有淋漓尽致的体现。

艳青的三退三进，我都经历了。每一次，我都充当了“说客”。不仅因为我是分管体育的副市长，也因为我是艳青的朋友和老师。我知道，国家的利益、家乡的荣誉，固然是最重要的动力，但是作为一个已经无数次为国家为家乡征战的老将，更重要的是挑战自己。她不止一次地向我诉说自己的“孤独”。她没有对手，对手就是她自己。每一次，需要战胜的敌人首先是自己。无论在雅典还是在北京，几乎都是所有的对手差不多举完了三把，她才闪亮而轻松地出场。

在北航的举重馆里，看到艳青轻轻松松地抓举，我知道凭艳青的实力与心态，这次完全可以冲击她自己保持的世界纪录；但是为了确保奥运会的金牌，为了确保后面的挺举比赛，她选择了最稳妥的重量，只是在挺举的最后一把，在金牌已经到手，新的奥运会纪录被打破，她才一下子增加5公斤，显示了她的王者之气。

我曾经问过艳青：“你有信心吗？”她说：“给我一个舞台，我就可以创造精彩。”我想，她的自信，是建立在自己的实力基础上的，是建立在每天举起30吨重量所流的汗水基础上的。艳青在举重台上的灿烂一笑，也许是她作为运动员的最后一笑，但是，作为一个正在攻读学位的研究生和作为苏州体育局副局长的她，人生之路还非常漫长。我祝愿她能够一路走好，一路灿烂。

（《姑苏晚报》2008年8月14日）

# 姑苏一枝梅

前不久，新蕾出版社来函，邀请我参加王一梅《鼹鼠的月亮河》发行一百万册的纪念活动。我愉快地接受了邀请，不仅因为王一梅曾经是我苏州大学的同事，更因为这是一件值得祝贺的事情。一百万，不只是一个简单的数字，它意味着，这本书走进了一百万个孩子的心灵，影响着一百万个孩子的成长。

这本书讲述的是王一梅版的中国丑小鸭的故事：鼹

鼠米加一家住在美丽的月亮河畔。生下来就与众不同的米加，又瘦又黑，没有八个哥哥那样棕色发亮的毛，不愿意像其他鼹鼠兄弟姐妹那样生活，不喜欢打洞，不喜欢成为挖掘专家，不喜欢白天干活，不喜欢父母为他选择的人生道路。米加向往外面的世界，它怀揣着好朋友尼里送的月亮石离开了家乡。经历了许多困难，米加结识了许多新的朋友，学到了许多新的本领，发现了自我，找到了自信。最后，米加回到家乡，成为大家心目中的英雄。

我曾经说过，书的生命是读者与作者共同赋予的。一本能够被人们喜爱，不断被阅读、被传播的书，就是有生命力的书。就如同书中说的那样，“月亮河早就是一个有名的地方了”，对于读过这本书的孩子来说，月亮河与米加、尼里、魔法师等一样，早已经是一个密码、一个符号。读过这本书的孩子一定会明白，无论是做乌鸦还是做鼹鼠，无论是做老鹰还是当小鸡，最重要的是成为自己。每个人的生命都会因为有了友情而温暖，因为有了梦想而精彩。每个人都能从不起眼的丑小鸭变为在蓝天飞翔的白天鹅。

王一梅是从苏州的土地上成长起来的。她的童年时代在苏州太仓的小镇上度过，小时候她就喜欢观察大自然，喜欢写作。在苏州幼儿师范学校读书时，她担任了学校的文学社社长和童话剧团团长。一个酷爱写作的人，一定有着一颗敏感的心和一双善于发现的眼睛。这是她日后成为儿童文学作家的基因。

认识她的时候，她还是苏州大学幼儿园的老师，我的儿子朱墨曾经在这里上幼儿园，所以，她既是我在苏州大学的同事，也是我孩子“母园”的老师。我一直以为，我们对幼儿园的重视是不够的，比如我们都把自己在中小学和大学读书的学校称为母校，但几乎没人会提及自己就读的幼儿园，也从来没有人把自己就读的幼儿园称为“母园”。后来，王一梅从幼儿教师成为苏州大学社会学院的一名老师，又成为苏州职业大学儿童文学研究所的所长。

王一梅拔节成长最快的时间，恰好是我在苏州大学担任教务处处长和在苏州市担任副市长的十五年间。

她的一些代表作品——从长篇童话《鼹鼠的月亮河》《住在雨街的猫》《恐龙的宝藏》《木偶的森林》到系列童话《糊涂猪》，短篇童话集《第十二只枯叶蝶》《书本里的蚂蚁》《兔子的胡萝卜》等，都是在这段时间发表的。她的作品获得了第十届国家“五个一工程”奖，第五、第六届全国优秀儿童文学奖，第五届国家图书奖，并多次荣获冰心儿童图书奖和陈伯吹儿童文学奖等奖项。王一梅成了苏州儿童文学的领军人物。

回望王一梅的成长道路，与孩子打交道的十余年，让她无缝对接儿童。而离开孩子的岁月，又让她反思研究儿童。相信这是每个优秀的作者都需要经历的道路。如今我虽然离开苏州将近十年，与王一梅联系不多，但一直关注着她，也一直读她的作品。在为她的成长而骄傲的同时，我也期待着她能够不断带给我们新的惊喜。

（《姑苏晚报》2017 年 1 月 15 日）

# “在正道上行”

我认识圭逊，是因为民进的缘分。

2008年年初，我调任民进中央担任副主席不久，民进苏州市委的同志就告诉我，有一位会员想为西部地区捐赠一些羽绒服。当时我在民进中央分管社会服务工作，而我们又有干部在甘肃挂职。于是，我们就把捐赠的羽绒服送到了刚刚遭受灾害的甘肃平凉崆峒山地区。在捐赠仪式上，这位有点腼腆的企业家坚持不肯讲话，但是，我因此记住了他的名字——徐圭逊。

中国民主促进会是一个以教育文化新闻出版为主要界别的参政党。我到民进中央工作以后，了解到民进的书画界的会员较多，仅全国书协会员和美协会员就超过一千人，就一直在思考如何发挥他们在参政议政、社会服务中的作用，如何为他们的交流成长搭建平台。于是，我想到了成立开明画院。

民进中央领导对这个创意非常支持，但是，由谁来运作呢？能否找到既热心又有能力的人具体操办呢？仍然是苏州民进为我推荐了徐圭逊。他们告诉我，徐圭逊不仅是一位颇有成就的企业家，而且是一位热心会务的书法家。他是王镛先生的弟子，曾经在中国美术馆举办过书法展，书法作品得过全国金奖。于是，经过民进中央的研究，徐圭逊在2009年走马上任，成为民进开明画院的首任执行院长。

圭逊工作很努力。他操办了开明画院的台北书画展，开了民主党派两岸艺术交流的先河；他组织了开明画院书画家到贵州毕节的“采风带徒行”，为金沙农村美术教师开课带徒；他发起了“春联万家”活动，数百名民进书法家为社区居民送春联；他投资千余万元，改造建设了马叙伦纪念馆和开明美术馆……他的工作得到了民进中央领导的高度评价，也得到了民进书画家会员的广泛好评。

2015年，徐圭逊的书法展在苏州举行。他希望我为他的展览写点文字。我不懂书法，不敢妄自评论他的书法造诣。不过，在讨论他的书法展内容时，我曾经建议，今年是中国民主促进会成立七十周年，不妨写一些民进领导人的言论。这既是弘扬民进的优良传统，又能够通过书法让更多的人了解民进领导人的思想。比如马叙伦先生给民进的政治遗训，也是马老几十年的人生感悟：“只有跟着共产党走，才是在正道上行。”

在给他建议的同时，我也找到了我的文章的主题：“在正道上行”。

是的，圭逊这些年来大致在做三件事：办企业，写书法，做画院。这三件事，他选择的都是“正道”。

办企业，一般人不会知道，他是中国最大的锁厂的老板。他曾经是公安部春晚的主要赞助商。他在经营企业的同时，建立了锁文化博物馆，每年拿出相当的利润做社会公益。他说，“回报社会”就是企业的正道。

写书法，一般人也不会知道，他是陈大羽先生和王镛先生的入室弟子。他自己清楚，艺术无涯，没有艰苦的磨砺，不可能有真正的艺术成就。他经常临帖创作到深夜。书法家的同道评论说，徐圭逊的书法有传承，有底蕴，有功力，有文人气息，洒脱自在。他说，“笨功夫”就是书法的正道。

做画院，一般人更不会知道，他受了多少委屈，费了多少周折，花了多少精力。他个人出资在苏州率先为会员建立了“民进之家”，会员们隔三岔五地到这里泼墨挥毫，品茗交流。他说，这是一个民进会员应该尽的义务，“为组织增光添彩”是作为一个会员的正道。

那次展览以后，有收藏家买断了圭逊展览的所有作品，而圭逊也把这笔收入分别捐赠给了民进江苏省委和苏州民进，作为公益活动专项经费。

其实，为人做事，永远是没有止境的，但只要“在正道上行”，就永远不会偏离方向。希望他的人生和书艺永远在正道上行！

（《姑苏晚报》2015 年 6 月 6 日）

# 土根艺术家

最近，在《新民晚报》等报刊相继看到苏州画家江野先生的绘画作品和关于他创作青花瓷的文章，很是亲切。尤其是看到他笔下的钟馗、罗汉等形象，更是让人忍俊不禁。观画思人，不觉想起与这位画家的一些交往。印象中，画家本人与他笔下的钟馗和罗汉像，从形到神都实在有几分相像。

算起来应该是十来年前的事了。当时，苏州正打造观前文化带，在观前文化城中，顶楼是一批画家的工作室，我当时是分管文化的副市长，实地去看过。江野是进文化城最早的画家，而且他的工作室面积也是最大的。我在他的画室待了不短的时间，听他谈对中国画的理解，还听他说要索回早年卖掉的画，因为他不满意早年的画了，索回来重画，用自己满意的新画来换旧画。索回不满意的早年画干什么呢？撕掉。大师吴冠中早年也这样做过的，他说。那时，他不过三十几岁，满面朝气，圆圆的眼睛发亮，豁达又狂放。我知道，他是个完全靠画画卖画养家糊口的画家，没有国家发的工资，拿现在的话来说就是一个土根画家，很不容易。

后来，听说他到北京去发展了，买了汽车，买了房子，还在荣宝斋办了画展。现在，又在苏州山塘街埋头青花瓷的创作，并撰写关于青花瓷的文章。我到北京工作后，与一些苏州来北京的画家、企业家常有联系，发起成立了北京苏州商会，为在北京的苏州朋友搭建一个交流的平台。苏州的一些画家、书法家在北京发展，有时也邀请我去捧场，如果有空，我一定会“附庸风雅”，我很乐意在异地看到苏州的朋友辉煌起来。我曾经写过一篇《青春杨明义》，就是想鼓动更多的苏州艺术家到北京打天下。因为，我清楚，吴门书画的功力应该也能够在北京的舞台展示。

我在北京一直没有见到江野。一问，原来是他不愿意打扰我，担心邀请我会耽搁我的工作。我感谢他的理解和友善，但再忙也总有点闲暇的时间，空下来看看朋友的画展，不也是一种文化享受吗？比如我看了他的文章，我也更多地了解了青花瓷这种艺术品的历史和美学意义。原来，自古以来许多人都认为青花瓷是工艺品，在青花瓷上作画乃工匠所为，文人士大夫是不屑一顾的；但一些默默无闻的画匠将中国老百姓喜闻乐见的题材画在青花瓷上，漂洋过海，远销世界各地，宣传了中国文化，青花瓷的功劳也是大大的。而且，青花瓷不仅艺术含量非常高，经济价值也非常可观。前些年，国际拍卖行一件元代的《鬼谷子下山图》青花瓷罐，拍卖出了两亿多元人民币的天价。

据说，现在北京、上海的很多画家都加入到了青花瓷的绘画创作中来。我也由此想起我大学时的同班同学刘晓东，在人家买房子、买黄金来投资和保值时，他却慷慨大方地购买瓷画，理由是瓷作为载体比宣纸能更好地保存千年万年，而且瓷画在烧制中，还可能发生窑变，带来天成的偶然性。我觉得，江野与刘晓东几乎算得上是英雄所见略同了。

土根艺术家生存压力大，但他们像“野火烧不尽”的野草一样，生命力也超出寻常地顽强和蓬勃。祝愿苏州有更多的“江野”“海野”等土根艺术家，祝愿苏州艺术家能够走出苏州，也祝愿苏州能够做大做强自己的文化产业。

（《姑苏晚报》2010 年 7 月 31 日）

# 面 友

我喜欢吃面。

到北京工作以后，最想念的就是苏州的一碗面。人的胃，感情最真挚、最诚实，也是最热爱家乡的。

以前，与朋友应酬的时候，即使酒足饭饱，最后上来的一碗面，仍然会被我风卷残云地吃光，而且经常是连汤水都不剩。生病的时候，根本没有胃口，但是夫人送来一碗面，照样能够吃个底朝天。现在人到中年，身体发福，为健康计，不敢像从前那样放肆，但对面的感情依然如故。

本来以为吃面是我个人的爱好，但是外地的朋友到苏州，许多人都指定要吃苏州的一碗面。在北京碰到著名相声表演艺术家姜昆的时候，第一句话就是：什么时候请我吃你们苏州的面？

因为面，交了不少朋友，肖伟民就是其中之一。

20世纪90年代末，我经常去体育场路的同得兴面店吃一碗面。刚刚创办的同得兴，貌不惊人，但是一碗面做得地道，原汤、浇头、姜丝、面条，都是一丝不苟。小老板伟民还经常绘声绘色地讲解面文化，告诉我们他的面如何继承了老苏州传统面技艺的基本特色，如何将奥灶面、苏帮面的优点相融合，我这才知道，这小小一碗面里还有不少学问。我的家离体育场很近，因此我成了他面店的常客。他也称我为“面友”。

后来，他把面店搬到了嘉余坊，我去得少了。

再后来，他又把面店搬到了十全街。开张不久，我去吃面，味道如初，环境则更加高雅。我问伟民哪里来的钱，一脸悲壮的他告诉我，他这次是倾家荡产、砸锅卖铁、孤注一掷了，几乎卖掉了所有的家当——别墅、汽车……儿子也从高价的外国语学校回到普通的中学读书，还借了二百万的贷款，全家人蜗居在二十多平方米的老房子里。他说，自己的梦想就是让苏州的面点也能够上大雅之堂，也能够在中国的面文化中有自己的地位。由于成本高了，他的面价格也高了，顾客自然也少了，在亏本经营。我问他需要我帮忙做什么，他谢绝了。他说，他会用心坚守。

今年“五一”期间我回苏州，又和夫人去同得兴吃面。伟民春风得意、红光满面。他说，面店终于扭亏为盈了。他说，他现在的梦想是开一家真正的面文化展示馆，顾客一边吃面，一边可以欣赏中国的面文化。他说，他想进一步改进苏州的传统面点，把北方面食的原料引进苏州，加上苏州面汤的配方，使苏州的面营养更加丰富。

我被他的梦想感动了。我敬佩这样一个不断做梦、不断追寻自己梦想的人。我告诉他，我要帮助他“圆梦”。

当然，我也有点小小的私心，希望有朝一日，能够在北京吃到正宗的“同得兴”苏州面。

（《姑苏晚报》2009年6月19日）

# 肝胆相照谏真言

我与强亦忠教授是老朋友了。我们差不多同时参加中国民主促进会，那个时候，他是苏州医学院民进支部的主任，我是苏州大学总支的主任，两个支部还一起搞过活动。我们都担任过所在学校的系主任、教务处处长。后来，我们都成为民进苏州市委常委。我担任民进苏州市委的主委以后，还专门聘请他为参政议政的特约研究员，对我的工作有很大支持和帮助。他的热情与睿智，给我留下了深刻的印象，也一直是我学习的榜样。

强亦忠教授的人生曲折而丰富。他年少即离家求学，凭着刻苦努力，考取了苏州中学，步入了万千学子梦寐以求的清华园；毕业后怀揣梦想，主动请求到西北原子能基地工作，却在“文革”时期被扣上了“反革命”的帽子，遭到抄家、批斗、群众专政等一系列的冲击，还被遣送至戈壁深处的“五七干校”监督劳动。“十年浩劫”结束，为了抢回失去的时间，他争分夺秒、忘我投入，完成了多项重大的技术革新项目；不惑之年，他从大西北调回苏州医学院任教，在新的岗位上成绩斐然；耳顺之年，他的事业更上一层楼，同时加入了中国民主促进会，并很快成为市政协委员、民进市委常委、全国政协委员，开启了他人生和事业的另一扇大门……百年古校的滋养，坎坷人生的锤炼，艰苦环境的磨砺，成就了一位学识渊博、温厚儒雅、胸有正义、勇于直言的长者。

强亦忠教授是苏州大学的知名教授，他有着极高的专业素养和极强的个人能力，有着他那一代人特有的努力、认真、严于律己，在他的词典中绝无“马虎”“应付”

等词，公开发表的文章有一个错别字，一处标点误用，他都会难过好几天，即使错不在他本人。更难能可贵的是在他温润如玉的外表下跳动着一颗滚烫的赤子之心。生活赋予了他更多人生阅历，却没有夺走他天性中的那份天真朴拙。在民进和政协的政治舞台上，他秉着知识分子的社会良知和强烈的忧患意识，将饱满的热情和激情倾注于参政议政工作，收获了成功与快乐，赢得了大家的尊重。退休以后，他热情不减，一如既往，无论是会务工作还是参政议政都一丝不苟。闲暇时，他提笔著文，写下了自己的理论认知、参政经验、人生感受，抒发了内心的感动、感怀、感想。他的文章，理性中闪耀着智慧与情感的火花。《肝胆集》收集了他近十多年来工作、生活的点滴感悟。书名《肝胆集》既是他肝胆一片映真情的自然流露，也是他勇于直言之为人的真实写照。

强亦忠教授的名字，的确是名如其人。强，是他自强不息的精神。无论是在专业领域，还是在民主党派的参政议政方面，他都是一个真正的强者。忠，更是他厚德载物的写照。这位历经磨难的学者，虽然曾经受过许多不公正的待遇，但是从来没有失去对党、对国家、对民族的信任和信念，心里面总是装着国家的大事情，参政议政、建言献策，总是经常有好主意。在苏州民进，强亦忠教授一直是受人尊敬的长者，一直是年轻人学习的一部活的教科书。强，而且忠，与中国共产党风雨同舟、肝胆相照，不仅是强亦忠教授名字给我们的启示，也是作为一个参政党应该努力的方向。

强亦忠教授已经退休十年了。一位老人，退休十年，却退而不休，仍在自己的专业领域奋斗不息；一位老人，年逾古稀，却老当益壮，还在更广阔的天地笔耕不辍。我想正是有了强亦忠教授这样的学者，我们的社会才会不断进步；也正是因为有了强亦忠教授这样的会员，我们民进的事业才会取得新的进展，民进这个大家庭才会更加和谐温馨。他积极的生活理念、高尚的个人品质、激情四溢的人生态度、自强不息厚德载物的精神，都值得年轻人尤其是我们年轻的民进会员们学习。

（《姑苏晚报》2014 年 8 月 24 日）

# “长耕”不辍

离开苏州已经一年多了。

其实，我总感觉自己从来没有离开。苏州的人，往来于京城，经常与我见面；苏州的事，通过报刊，大大小小几乎也全进了我的视野；苏州的朋友，也经常闯入我的梦里；苏州的情，在我的心里更是如陈年的酒，日益香浓。

前不久，汪长根兄来电，说他的一本新著《三知斋随想》即将出版，希望我能够写点文字。

长根我认识较早。十五年前，我在苏州大学教书的时候，曾经有机会做过他本科论文的“指导老师”。说是老师，其实就是学习一下他的论文，写点体会（评语）而已。当时就对他善于思考、精于文字感佩不已。

从那个时候起，有好几年都会收到他送来的鸡蛋票。虽是小小的一张鸡蛋票，却给我们全家带来了温暖与感动。后来，他送了一本关于苏南农民企业家研究的书给我，拜读之后，为他研究的独特视野和作为一个政府官员的理性而感动。再后来，我到了苏州市政府工作，有了许多亲密接触的机会，但我们一直没有走得很近，只是彼此远远地欣赏着、祝福着。也许，如长根所说，这是知识分子特有的“君子之交”。

为了写这篇序言，我将长根的生活史做了一个小小的梳理，结果更加让我感动。20 世纪 80 年代初，他在组织人事部门工作时，就撰写了《成才，该从哪里起步》等一批在全国具有一定影响的人才研究文章。长根是一个特别勤奋、特别用心的人，无论在什么岗位上，他总能够把工作当作学问做，自然就能够有所成就。他一直认为，作为一个秘书，应该而且可以有所作为，但对什么是有作为，各人有各人的理解，另外，有没有作为有时也并不完全决定于个人。他的看法是“不求大有作为，但也不要虚度光阴”，顺其自然，淡然处之。淡淡的这几句话，道出了长根能够“长耕”不辍的秘密。

《三知斋随想》与长根以往出版的其他书有点不同。用长根自己的话说，“纯属是自得其乐、以文会友，同时避免虚度光阴，我是想通过这种方式对朋友、对同事、对领导、对过去、对将来有所交代”。“三知斋”是长根兄书斋的斋名。三知者，知书达理、知恩图报、知足常乐也。其实，三知也是长根对学问、对朋友、对自己的态度的写照。对学问，要“知书”，要有探究学问的兴趣与习惯，知书才能达理，才能把握规律，发现真理。对朋友，要“知恩”，要怀有一颗感恩的心，知恩才能图报，才能拥有良好的人际关系。对自己，要“知足”，要抵制生活中的各种诱惑，要有自己处世的底线，知足才能常乐，才能拥有一颗平常心，才能拥有快乐的心情。从长根兄的为人处世来看，他是努力在践行自己的“三知”理想的。

（《姑苏晚报》2009年6月5日）

# 方寸世界写春秋

前些天，收到周治华先生从苏州寄来的信件和一包资料，有点喜出望外。

治华先生是苏州市老领导，1997 年年底我到市政府工作时，他是政协副主席、党组副书记，经常在各种会议上见面，也承蒙他赠送《邮票与苏州》等著作，但是我们没有私人之间的交往。

我在苏州工作期间，参加过他担任会长的生肖集邮研究会的一些活动，也经常在《苏州日报》上读到他撰写的生肖邮票方面的文章，感佩他的雅趣与文气。到北京工作以后，又听说他捐出了个人收藏的1950年以来世界五大洲一百多个国家和地区发行的全部生肖邮票和部分生肖邮品与资料，建立了苏州生肖邮票博物馆，更敬佩他的情怀与品格。

治华先生在信中说："自您进京，久未联系，念念！常在苏州报纸上看到您的大作和参加苏州的一些活动，甚为高兴。"他还介绍了自己的近况："我还是老样子，年岁大了，一年总是不如一年了。已失去老伴一年多，生活质量当是下降了。生肖会的工作，无人接，推不掉，老牛拉大车……"最后还不忘嘱咐我保重身体。

读罢来信，翻阅大著《周治华集邮文选》。全书分为上下两编，上编六章，分别是《生肖邮票的概念与界定》《生肖集邮的兴起与发展》《生肖集邮研究会的成长壮大》《生肖集邮的文化内涵》《生肖邮票面面观》和《生肖封片情趣多》，介绍了治华先生关于生肖集邮的理论与实践；下编五章，分别是《记事抒情》《邮识邮研》《老少集邮》《书刊文献》和《追思怀念》，介绍了治华先生集邮的经历与故事。书末附有治华先生的简历、集邮活动大事记、报刊文章篇目、文献出版、获奖等相关资料。洋洋一百一十余万字，五百七十余页，捧在手中，感觉沉甸甸的。

再读生肖集邮研究会的会刊《生肖集邮》，栏目也丰富而生动，有《生肖论坛》《生肖新邮》《生肖集邮动态》《生肖世界》《生肖文化》《研究探讨》《极限集邮》《生肖文萃》《戳海拾贝》《青少年苗圃》《会员风采》《地名溯源》《我与集邮》《邮书报刊》《会务通讯》《会员园地》等，还有专门悼念生肖集邮研究会副会长方定坚先生的一组文章，以及为八十岁以上老会员祝寿的《寿封的魅力》组图。不要小看这本四十八页的会刊，治华先生也是倾注了心血的。作为主编，他几乎每天都要拆阅和答复一批来信，每篇来稿他都要亲自审阅，每期稿件他都要看两遍以上。为了保证质量，他还经常查阅字典、辞书和原著，从1997年创刊，至今已经出版了一百一十三期，无一次脱刊，无一次合刊，受到各方好评，获得了许多奖项。

我也喜欢集邮，曾经想以教育为主题集邮，但由于时间和精力不济，只能半途而废了。相比治华先生的坚守与努力，我感到十分惭愧。

我一直认为，人是需要有一点爱好，有一点雅趣的，尤其是像集邮这样集知识性、趣味性于一体的爱好，会让人的生活更加丰富多彩，更加有成就感。治华先生从一个业余爱好者成为一个生肖集邮的大专家，就是最好的例证。他在书中告诉大家，在退出领导岗位以后，因为集邮这个爱好，他生活得非常充实，“整天忙得很，有做不完的事情，晚年乐在集邮中，丝毫没有失落感、寂寞感”。

方寸世界写春秋，雅趣人生天地宽。感谢治华先生的来信与赠书，更感谢他用自己的故事作为教材，告诉我们为官为人的道理与方法。

（《姑苏晚报》2016 年 9 月 25 日）

# 文如陈酿久弥香

今年年初，七十五岁的张嘉巽先生从加拿大打来电话，说他的文史随笔集《金鸡湖畔论古今——俞曲园〈李公堤记〉及其他》即将出版，希望我能够写篇序言。

对于嘉巽先生我并不陌生。在苏州大学和苏州市政府工作的时候，我们一起参加过一些学术会议，知道他是苏州市教育科学研究院教育发展研究室原主任，撰写过《苏南地区九年制义务教育发展战略研究报告》

《苏南乡镇经济的崛起与基础教育的逐步现代化》和《苏南教育与现代文明》等一系列有影响的文章和研究报告，为苏州教育做过不少工作。

但写序的确让我有些为难，因为手头工作实在太多了，欠下的文债也是一大堆。我告诉他，真的不一定有时间。可张老师仍然“锲而不舍”地盯着。

今年4月，张老师从多伦多写来一封信。信中说道，虽然身在海外，但他一直在读《姑苏晚报》上我的《滴石斋闲话》专栏。有时候他的文章还与我的文章在同一版面上发表。我写新教育榜样教师倪颖娟的长文《一间不完美的教室》在专栏上曾分上下两期刊发，他谈到读时的心情：“最动人的是下篇，最是文情兼美，令人难以卒读。”正好同期刊发他的文章《冻雨多伦多》，结尾是：“我最欣赏东坡先生遇到‘人有悲欢离合，月有阴晴圆缺’的‘古难全’之事，东坡先生每每能乐观面对，显示出一代文豪的别样情怀！”他说：“这或许可作对倪颖娟老师的一点劝慰吧？这样巧合，我不知道这是不是编辑刘放的故意安排。”

不久，他又发来全书的电子稿，说6月份就要出版，而且苏州工业园区圆融集团已经预订了一千五百本，作为建团十周年活动的礼品。我知道，这其实又是在催我作序。

整个4、5月份，是民主党派的“调研季”，我一直在江苏、河北、内蒙古、新疆等地调研。我把张老师的书稿带在身边，虽然根本没有整段时间细细阅读，但时断时续，还是读了大半部，还是被感动了。

书稿分三辑，第一辑“曲园信笔”，从俞曲园的自寿联到春在堂的三件宝贝，从尘封百年的《李公堤记》到俞曲园的临终“喜恨”诗，写出了一个活灵活现的“生命达人”的风采。第二辑“苏州散墨”，从叶圣陶在甪直的故事到冯桂芳与苏州试院的关系，从顾炎武的十个“吾不如”到章太炎的传奇人生，写出了苏州文化名家的大成智慧与群体人格。第三辑“中外杂文”，从杜甫草堂的游记到尼亚加拉大瀑布的纪行，从多伦多的见闻到芝加哥的掠影，写出了一位历经沧桑的长者眼中的世态人情。

一位年过七旬的老人，在完全可以享受天伦之乐的年龄，仍然笔耕不辍，不断为书稿增补文字。一位教育学者，在退休以后仍然没有停止学习，没有停止思考与写作，而且加入了苏州市作家协会。张老师不仅在用文字记录他的生活，也在用生命丰富着他的文字。

文如陈酿久弥香。从张老师的这部书稿中，我们读到的是淡淡的乡愁，浓浓的诗意，读到的是文化的情怀，历史的厚重。让我们随书走进那幽深的苏州小巷，走进那博大的人文世界。

（《姑苏晚报》2015 年 9 月 18 日）

# “怪球手”的真情文

认识项建华，是因为我是分管教育的副市长。2000年，他从军队转业到地方，到苏州教育局工作。见面以后，觉得他虽然举手投足很有军人风范，但总体上更像一个书生，低调儒雅。一了解，果然是一位军旅文人。近年他结集出版了《五味情》《温暖的灯火》等散文集，还成为了市作家协会会员。

和他深度“交流”，是在乒乓球桌上。他的乒乓球打得很好，多次在苏州教育系统中取得优异成绩，并连年代表苏州市教育局征战江苏省教育系统的“局长杯”乒乓球赛，为苏州教育乒坛荣誉立下过汗马功劳。在乒乓球比赛中，他以“怪球手”闻名，直板一面反胶一面长胶，打球中频频变换两面胶皮，让对手吃尽苦头。他的一招一式看上去好像平淡无奇，但一上战场却威力很大，我老是敌不过他，几次成为他的手下败将。

“怪球手”的球刁钻古怪，散文却写得非常敦厚平实，可谓柔情似水。这倒也算是相映成趣。或许因为他是安徽人，又长期在苏州工作吧，所以他的文字里同时有着徽派的沉稳和吴门的温柔。这本散文集《远去的情愫》，共分五辑，分别为“往事如烟”“军旅回放”“教育情怀”“小镇故事”和“人在旅途”，用温情的目光和平实的笔触，写过往的人事，刻骨铭心的细节，既是他的生活史，也是他的心灵史。

母亲，是他文字里最感人的主题。他写《母亲最后的日子》一文，情深意长，让人读来唏嘘不已——

国庆长假回故乡，兄弟三人商量给母亲选块墓地，看到风烛残年的母亲，我有一种预感，母亲可能撑不到今年的冬季。办完事的当天，我再次来到母亲住的小屋，我说：“妈，儿子要回单位上班，过些日子再来看你……”母亲一把抓住我的双手，死死地不肯放开……我贴着母亲的面颊深深地吻着她的额头：“等我回来，你要好好听话。”母亲连连点头……这成了永远定格在记忆中的一幕。

这平实的开头之后，就是一幕幕如实的记录。一个平凡的母亲，去世后当地百姓竟然有三千多人自发吊唁送行，这让人想起老人家一生在乡邻中的口碑。这样的母亲长辞人间，读者随着身为儿子的作者一起送别，也不禁想起带我们到这个世界来的母亲，想念自己亲娘的点点滴滴。

其实不仅是这本书，建华之前的两本书也分别有《母亲的肩膀》《母亲的豆瓣酱》等多篇以母亲为题的文章，还有许多标题上没有、文中频繁出现的母亲。建华早年丧父，他和弟弟妹妹们靠坚强而慈祥的母亲又当爹又当妈地拉扯大，所以，母恩对他来说，既是母爱的流水绵绵，也如父爱的高山巍巍。他写过众多军旅主题的文章，文风简练利落，而写起母亲来，似乎马上由老虎变绵羊，反差非常强烈。一面是铁血汉子的刚硬，一面是热血儿子的柔软，这也是读他文章容易引起读者情感共鸣的出彩处。

建华把这铁血和热血的一刚一柔投入到后来的教育工作中，就有了本书中“教育情怀”一辑的动人。从文章中能够看出，他走访了很多学校，名校他进出过，非名校他进出更是频繁。一些非常偏僻的学校，如太湖三山岛的小学，一些非常普通的老师，如退休多年的小巷中的老教师，都是他的写作对象，都是他感情投入的好朋友。比如他用一篇《校长妈妈》，真实地呈现了一位女校长作为伟大的母亲、优秀的校长的教育生活，描述了她如何用纯净、纯真、纯粹的爱细心呵护学校，给学子以前进的勇气和信心，让学生恪守“先忧后乐，既文且正”的价值取向。这位女校长就是名闻苏州教坛的景范中学校长顾苏云，据说她是去年评选出的苏州两名特级校长之一。我以前只知道她治校有方，管理有道，这次才从文中看到她爱生如子、柔情似水的另一面。这样的文章也会给教育工作者一些启发。

文学书也就是教科书。感谢建华为我们奉献出这样一部正能量丰富的著作。对于他来说，随着岁月的流逝，这些过往的情愫会被新的记忆一层层覆盖，似乎正在远去；但对于读者来说，从文章中见到的这一类充满爱的人和事，这一类有温度的教育，却会在阅读中成为自身的一部分，因为，这些事物是精神生活中不可缺少的食粮。

（《姑苏晚报》2015 年 10 月 11 日）

# 桃花坞中“铜豌豆”

近读《姑苏晚报》“口述人生”的文章《跳水，我从相门桥上一跃而下》，很是兴奋。文章通过九十高龄的老画家凌虚的口述，展示了一个多灾多难却不改其正直、率真、爱国秉性的老艺术家风骨，能让人一读之下感奋不已。感觉将那个著名的“我是个蒸不烂煮不熟捶不扁炒不爆响当当一粒铜豌豆”形象，加在他的身上，是挺合适的。

我在苏州多年，知道他的传说，看过他的作品，他也曾经为桃花坞木版年画的事情给我写过信。遗憾的是，由于工作繁忙居然与他失之交臂。现在看他的口述，虽然主要是表现他与奥运的情缘，写他捐赠绘画精品《国宝图》给北京奥运会组委会，写他废了右手后又以坚强的毅力练习左手绘画与书法，写他为画好金鱼人到中年而练习游泳，甚至从相门桥上跃入水中等，但还是可以看出，他一生中，有大半的精力耗费在保护和传承桃花坞木版年画上，这很了不起。我曾经对朋友说过，凌老师就是桃花坞木版年画的“守望者”。

最近还听说，他在去年还自费去东瀛考察日本的多个博物馆一个半月，并为馆藏的一些中国古版年画藏品做正本清源的鉴定工作，把误定为天津杨柳青的年画作品更正为苏州桃花坞，赢得日本同道的称赞和感谢，这就更是让人感动。其实，他又何尝不是在为苏州桃花坞木版年画争得应有的名分？

苏州桃花坞木版年画是我国四大木版年画之一，具有四百多年历史，与天津杨柳青年画并称“南桃北杨”。

桃花坞年画源于宋代的雕版印刷工艺，由绣像图演变而来，到明代发展成为民间艺术流派，形成了独特的风格。明末清初，是苏州桃花坞木版年画的繁盛时期，当时的画铺有四五十家，大部分设在枫桥、山塘街、虎丘和阊门内桃花坞至报恩寺塔一带。

记得前几年我主编的《吴文化读本》中，就专门介绍了桃花坞木版年画，其中附图的古版代表作《和气致祥》，就有凌老先生做出的很大的贡献。因为此前出版的桃花坞木版年画《和气致祥》及贺岁明信片均不是真正古版，凌老先生不顾同行的好心劝说阻止，一定要纠正，并拿出他幼年收藏的真品，与十六位专家联名致函中宣部、文化部和苏州市政府，终于由苏州文化局和邮政部门为“世遗大会”发行了《和气致祥》的正版首日封，还历史以本来面目。我当时就认定，这个老先生是个非常顶真又“嫉伪如仇”的人，这是一种可爱也可敬的高贵艺术品行。

他为年画工作了半个多世纪。他花费心血著述，全面介绍了桃花坞年画的历史、艺术、刻版、印刷，很有价值，被收入《吴文化史丛》和《苏州工艺美术》。“文革”中，他就是为桃花坞年画事业而受尽批斗折磨的，以至四度被抄家，九死一生仍痴心不改。他将自己的心血和才华都倾注其上了，他的感情就比旁人更真切。

高福民先生告诉我，他组织编写的《中国木版年画集成·桃花坞卷》即将杀青，但是最后仍然需要凌老把关。从凌老的“口述”中又得知，他还在雄心勃勃地准备九十岁以后进京办自己的艺术回顾展。我为这位志在千里的伏枥老骥而感动，我想，我会在千里之外的北京恭候故乡的老前辈，也热烈欢迎老前辈。如果没有特别的事务，我一定前往祝贺并观赏展览。也许，也只有我这个在异乡的同乡人，才会在观赏中听到他从高高的相门桥上轰然跃入水中的声音吧。

（《姑苏晚报》2008 年 9 月 25 日）

# 为梦想打工，为先贤立传

苏文是个地道的苏州文人。水乡浦庄是滋润他的土壤。儿时他陶醉在大自然的怀抱里，捕蝉捉蛇，弹鸟捣窝，兴趣盎然；浸润在英雄的气息里，听村西盲老讲故事，绕其膝下，废寝忘食。每闻前贤言行，常常意气风发，学书中角色，自觉英雄气勃生。“文革”期间，得仁师私授《三国》《西游》《水浒》《聊斋》《说唐》《说岳》《英烈传》《封神演义》《三侠五义》诸书，秉烛夜读，自得其乐。所以，他自号“贫画中农”“浦庄农家子”。大量的阅读，为他编绘先贤积累了必要的功力和素材。

苏文也是地道的专业画师。高中毕业后，他先入书画社，后考入苏州工艺美院，研习雕塑，细味敦煌、云冈、龙门、大足等石窟石刻造像，霍去病墓雕塑及米开朗琪罗、罗丹、摩尔等西方艺术家之作，悟造型简洁为要之理。后拜亚明、刘文西两先生门下，始知“绘者，莫不明劝诫，著升沉，千载寂寥，披图可鉴”，决意仿效前贤，为历代书画俊彦造像。

纵观古人先贤谱，往往写传者不会画，能画者不作传，但苏文却一人担起二任。“二十五史”及各种地方史志外，苏文又研读大量美术史著，有《采古来能书人名》《古今书人优劣评》《历代名画记》《述画记》《画品》《续画品》《后画品》《书断》《唐朝名画录》《贞观公私画录》《图画见闻志》《画继》《益州名画录》《五代名画补遗》《宋朝名画评》《海岳名言》《翰墨志》《画史》《宣和画谱》《宣和书谱》

《云烟过眼录》《图绘宝鉴》《古今画鉴》《名画神品目》《铁网珊瑚》《艺苑卮言》《画禅室随笔》《清河书画表》《南阳名画表》《书史会要》《画史会要》《书概》等，不下数百种，至于论书画之著，多至数千种，均一一细读，编绘历代书画大家千余人，为每位先贤作传千言，小楷抄录，洋洋百余万言，俨然一部中国书画史。又择其特别著名者一百人，结集出版，名《中国古代书画家图典》。

画像比写传更难。众多人物，如果千人一腔，风格相同，就缺少艺术的价值，若想形神兼备、姿态各异，又谈何容易？因此，在绘制《中国古代书画家图典》的过程中，苏文更是殚精竭虑。一方面，他继承了古代人物画的线描风格，以白描手法为前贤造像，或高古游丝描，或铁线描，或钉头鼠尾描，或琴弦描，或行云流水描，或枣核描……轻重徐疾，虚实疏密，要在得人物之神形。另一方面，他又试图超越前人，与传统的以胸像为主的画法不同，他以全身为主。这就需要对服饰有所研究，否则就会唐人宋冠，明人元服。

苏文的造像，历史人物均以史料为依据，近人则据相片为参考，力图形神皆似，个性鲜明，不见重复。

苏文曾这样描述自己这些年的写绘历程："不问世事，杜户编绘，寝食俱废，晷刻必争，子夜甫寐，鸡鸣即起，无一日闲过，即正月初一，亦黎明即起，伏案数小时，然后出门贺岁。每成一像，藏弆箧笥。"在这样一个急功近利、浮躁气盛的时代，能够像苏文一样耐得住寂寞，数十年如一日，为梦想打工，为先贤立传的人已经不多见了。前无古人，后也无人愿做、能做。

传说中，曾有位年轻的雕刻师许下心愿，要为寺庙雕塑五百尊形态各异、栩栩如生的罗汉，为此他走遍千山万水，在芸芸众生里寻觅心目中的罗汉像原型。就这样，他耗尽了一生，雕塑了四百九十九尊罗汉，却始终没发现最后一尊罗汉的模样。在他苦苦寻觅、几近绝望时，无意中发现水中一张消瘦、坚毅的脸庞，正是他心目中最后一尊罗汉的模样——这，就是他自己。

写这篇序言的时候，我始终想着这个民间故事，心中充满感动，不仅为这样一个浩大的工程的竣工，也为这样一个执着的文化人的坚守。今天真的英雄，将成为明日的先贤。时光这样一年年流逝，文化这样一人人传递，历史这样一代代书写。

（《姑苏晚报》2013 年 8 月 10 日）

# 他与苏州的不解情缘

## ——关于朱永新先生的《回家》

刘　放

朱永新先生《回家》一书中的文章，都是从他在《姑苏晚报》上开设的个人专栏中选出来的，约占专栏刊发文章总数的八分之一。

这个专栏开设之初，他还是苏州市分管文化教育的副市长。不久，他就调往北京任职，但专栏继续，节奏依旧，每周一期。专栏一开十年，除了极少数的时候，如春节报纸短期休刊，或广告客户指名要这个版面等很罕见的特殊情况，才小别一两期，他的专栏陪读者走过了三千六百多天。据我所知，这样时间跨度的副刊专栏，并不多见。而且，报纸的总编换了四任，专栏名称却从未更换，一直叫《滴石斋闲话》，颇有点郑板桥笔下石缝中的瘦竹风姿。

书名《回家》是本丛书主编之一的李辉先生取的，我以为称得上准确传神。一来，作者视这个小专栏为其精神后花园，"滴石斋"就是他的书斋名，算得上是家中之家。二来，他去北京后，家还在苏州，其人其文经常一同回家，工作生活两不误，这样的文章，自然就会散发出家的特有温馨气息。驿寄梅花，鱼传尺素，云中锦书，颇得古人风雅之真趣。三是所选文章，篇篇与苏州人事有关。所以，这家回得真诚，这家回得有味，文章就像他每周送给家人（包括苏州这个大家）的一束玫瑰，我作为编辑，作为经手人，也是手留余香。今打点成册，即将付梓，心里也不觉生出几分感触来。

朱先生是苏北盐城大丰人，恢复高考的首届，他就考上了当时名为江苏师范学院的苏州大学，正式进驻苏州。毕业后留校，娶妻生子，又教书又读书又写书，根在苏州大地越扎越深。时而上海的高校攻硕，时而东瀛的高校攻博，辛勤如蜜蜂，采花酿蜜，蜂巢在苏州。又潇洒若风筝，云天飘飞，丝线拴系在苏州。可以这么说吧，他生命中的三分之二都与苏州密不可分。他的桑梓地当然是大丰，因此他才会说苏州是他的第二故乡，不过我可是怎么听都会将这个“二”游离于“第一第二”的排位序号，而更愿意联想到是“三分之二”的数量多寡。

这里要说一点缺憾。他的专栏首篇文章篇名叫《过江》，写的就是他从大丰来苏州读大学的事儿，他挑着的木箱是自己亲手打制刷漆的，口袋里的五十元钱是两个姑姑凑齐的，这“过江”原本是他自己取的一个写诗写小说的笔名，他就这么过江叩开了苏州的门扉。遗憾的是，这篇刊发于 2007 年的文章，因为当时尚无电子版，没法找到了。那我为什么对这篇的内容记得这么详尽呢？原因是我认识一些靠拉黄鱼车沿街卖西瓜起家的老板，他们迅速发家致富至身家数亿后，对自己的过往身世却讳莫如深。我当时不解，就拿朱先生这篇文章与他们说事，对方笑我是书呆子，说，你真的以为腰包鼓了胆子也能一同鼓起来?！我也不想深究，只将其归为文化差异带来的见识有别。

后来，我就一直做我们“过江”先生这个专栏的编辑，感觉他如同一个中国象棋中的过河卒子，以扎扎实实的步态，像早年格子稿纸上一格一字“爬格子”那样，做学问，做公仆，左右逢源。荣誉不多说了，似乎都有些说不过来，就我本人看重的，至少有《南风窗》评选出的年度“最有文化情怀市长”一项桂冠。这帽子并不大，也不重，但我觉得意味深长。

朱先生在专栏中写对苏州的怀想，对苏州的感激，对苏州文化建设的建议，都保持自己惯常的朴素晓畅的文风和字里行间能明显感受到的生命体温。他写苏州的作家、诗人，写苏州的画家、演员，写苏州的校长、学童，写苏州的百年老校和新建纪念馆，甚至还写了常到苏州一条小巷的面馆里一起吃面的面友，均生动有趣，读来温婉可人。我懂得他为什么重视这个小专栏。这里的文字，不同于他大部头的教育理论专著，声调也有异于他最擅长的脱稿演讲，在这里，似乎他是拎了一只小马扎，拿着一把大蒲扇，满面灿烂的“孩子般笑容”，去小里弄找大爷大妈拉家常。别的版面停了，读者没有什么反应，他的这个小专栏被广告等冲了，读者可是要打电话来质问的。

一晃，我在单位也是一个行将退休的老员工了，新来的年轻同事客气，让我谈谈编辑中所谓的经验，我就将作者队伍中的朱先生介绍给他们。我说，他小专栏中的文章，几乎百分之百都是早晨窗外尚未露晨曦之际写成的。他告诉过我，写这类短小轻灵的文章，每天最先睁开眼睛的这个时间段，神清气爽，最为适宜。他写完小文，发我邮箱，有时还附言“交作业。请帮我把关。俺游泳去也！”不自觉地流露出写罢小专栏的小小得意，并由之开启美好的新一天。我说，一个人官做到这么大，学问做到这么深，还如此虔诚谦恭对待笔下小文章，我们有什么理由不加倍地敬业？

后记写得不短了，但还想说两篇文章背后的故事，或许有助于读者对本书的阅读。

一是《生命的颜色》一文。这篇刊发于2009年5月8日的文章开头写道：

> “5·12”将临。与灾难、生命的话题有关的消息一直在拷打着我的心灵。
>
> 前几天，《姑苏晚报》的编辑来函，希望我给汶川大地震再写一文。他说：你是最先呼吁关注灾区心理健康的心理学家和教育学家，但还是有生命在地震之后离去。前几天，一位年轻的当地宣传部副部长，也追他七岁的名字中有一“墨”字的儿子去了。“你不应该写点什么吗？”
>
> 我知道，他是在提醒我：你也是一个父亲，你不是也有一个名字中有“墨”字的儿子吗？难道能够对生命无动于衷？

这里的“编辑”当然指的是写“后记”的笔者本人。他原文其实就是直接写的笔者姓名，是我在见报稿上改成如今的样子。他的这个专栏，其实原本是他与现已复旦大学博士毕业的儿子朱墨合作的“父子二人转”，当时，朱墨刚考上南京大学，笔调清丽，文章得到大家夸赞，甚至有“青出于蓝而胜于蓝”的赞誉。有此背景，他在写此篇专栏文章时，一定会眼前心底晃动他的墨七岁时的模样，笔下文章十分感人。

二是《书痴人生行走侠》一文。这篇文章写的是上海名家曹正文先生，对曹先生其人其文客观评点推崇，也是得到大家赞许的。这里也有点文章背后的故事。曹先生是我介绍给朱先生的，他们一见如故，很快成了相见恨晚的文友。通过朱先生的建议，曹先生将其收藏的数千册名家签名本全部捐赠给了苏州图书馆。他们俩对我这个“媒人”总是念念不忘，其实，我感觉自已不过是在一个好时节促成一对好人做成了一件好事，仅此而已。

## 精品栏目荟萃

《副刊面面观》

《心香一瓣》

《纽约客闲话精选集　一》

《多味斋》

《文艺地图之一城风月向来人》

《书评面面观》

《上海的时光容器》

《谈艺录》

《问学录》

《名人之后》

《纽约客闲话精选集　二》

《编辑丛谈》

《本命年笔谈》

《国宝华光》

《半日闲谭》

《云泥鸿爪一枝痕》

## 个人作品精选

《踏歌行》

《家园与乡愁》

《我画文人肖像》

《茶事一年间》

《好在共一城风雨》

《从第一槌开始》

《碰上的缘分》

《抓在手里的阳光》

《阿 Q 正传》

《风吹书香》

《书犹如此》

《泥手赠来》

《住在凉山上》

《老解观象》

《犄角旮旯天津卫》

《歌剧幕后的故事》

《色香味居梦影录》

《走读生》

《回家》

《武艺十八般》

《一味斋书话》

《收藏是一种记忆》